谷崎潤一郎

[日] 谷崎润一郎——著　张士杰——译

钥匙

上海译文出版社

一月一日

我下定了决心，从今年开始，我要把一直以来欲写又止的那些事情记录在日记里。直到今天，我从来不会在日记里详细写下自己的性事，更是有意地不去描述自己与妻子关系中的那些细节。因为我担心妻子会私自偷看日记，因而心生羞愤。不过，今年开始，我不再有所忌惮了。这本日记收在书斋的哪个抽屉里，想必妻子是早已了若指掌的。妻子生于京都的老派世家，自小在弥散着封建气息的门庭中饱受熏染。她本是大家闺秀，现在依然墨守伦常，十分看重那些落后于时代的旧道德，甚或还颇以之自矜，是绝对不屑于偷看丈夫日记的。不过，我觉得那也未必全无可能。如果日记的内容一反往常，频繁出现关于夫妻生活的记录，她果真能抵住诱惑，不把丈夫的秘密摸个清楚吗？她性格阴暗，嗜好窥探秘密，而且乐此不疲，甘之若饴。她向来不轻易表露心迹，于所知之事也往往佯作不晓，甚或奉之为女子的教养。我一直都把日记收好在抽屉里，还将抽屉钥匙妥善收藏于某处，并且会时常变换藏匿之所。不过，妻子嗜好窥探秘密，想必对那些藏匿之所早已是了如指掌了。况且，那种钥匙极易配制，她也完全没有必要费那么些周章……我刚刚说到“从今年开始，我不再有所忌惮了”，但仔细想来，却发现自己实际上可能早就心无忌惮了。毋宁说，我早已在心底做好了准备，甚至还隐隐地渴盼着被她偷看。不过，我为什么要锁上抽屉，又为什么要把钥匙藏来藏去呢？或许，我是想要满足她的窥探欲。况且，我若故意把日记放在她容易看到的地方，那她多半会想“这日记一定是特意写来给我读的”，因而也就不会对其中内容信以为真了，甚至还会猜想“必定另有一本真的日记藏于别处”……郁子哟！我所痴迷的爱妻呀！你到底是否一直在偷看我的日记呢？对此，我全然不知，也无从知晓。即便问你，你也肯定会淡然地回答说：“我无意偷看他人所写之事。”但是，你若真是在读我的日记，切不要心生怀疑，须知其中所记真实无伪，绝无半字虚言。不，面对秉性多疑之人，如此言辞反而会令其加深疑虑，还是不说为妙。其实，你若是读了日记，其中真伪自会了然于心。

原本我就决然不会只写那些尽如她意的事，现在我的心底又萌生了一个念头，偏偏想要写那种会让她不悦的事，甚至不惮于让她感到刺耳。说到底，还是因为她固守着过度的隐秘主义。她不屑于夫妻间的闺帏秘话，甚至还深以为耻，脸上露出非礼勿听之色。若是我语带猥亵，她立马便会把耳朵捂得严严实实。她所谓的“教养”、那种伪善的“妇道淑德”、那种做作的“高雅情致”，正是我下此决心的原因所在。我们做夫妻已有二十余年，养育一女长成待嫁，可她还是保守矜持，行房之时更是死气沉沉，了无生趣。直到如今，我们都还未曾聊过半句床笫之间的淫词浪语。无趣如此，哪里还算得上是夫妻呢！闺帏之乐、床笫之欢，越是无由交流，越是难以压抑，而致不满至极，已令我不堪忍受。于是，我便决意记录下来，一吐为快。于今而后，我要借着日记，间接地向她倾诉。无论她读，或是不读，我都要写，就当作是她真的在读。

她是我心底最为挚爱的女人——这样的话，我曾写过好多次，都是出自真心，绝非虚伪之言。这一点，想必她也十分清楚。只不过在生理方面，我不似她那般欲望炽盛。我感到力不从心，势难与之匹敌。我今年也不过才五十六岁（她应该是四十五了），按理说还不至于性欲衰退，可在行房之时怎么就那么易生疲劳，而且浑身乏力呢？事实上，我的体力确实是大不如前了。现在，我大概是一周一次，确切地说是十天才能做一次。然而，她却正相反（这样露骨的话，是她最为忌讳的）。虽然体质虚弱，心脏欠佳，但她那个方面却异常旺盛，几近于病态。这正是最大的难题，让我一筹莫展，无可奈何。身为丈夫，我终究不能尽好义务，让她得到充分的满足。情深如斯，我满心愧疚。不过，话虽如此，她如果为了填补那未尽的性欲，假设——我这样说，她一定会恼羞成怒，埋怨说："你竟然把我看作那种淫乱之妇!"其实，我说的只是"假设"——她与人私通，那可绝对是我不堪忍受的，甚至就连这么一点点假设的想象也令我心生嫉妒。而且，即便是从她自己的健康问题来考虑的话，也应该对那病态般旺盛的欲望加以节制。我忧心忡忡，因为我的体力日益衰退。现在的我在性交之后，每次都觉得精疲力竭，而且在那一整天里都浑身乏力，甚至连思考事情的气力都没有……如此说来，难道是我心生厌倦，不愿与她性交了吗？事实上，正好相反。我绝不是因为考虑那种所谓的义务，才勉强驱动情欲，无奈地应付她的欲求。不管是福是祸，我热烈地爱着她。话已及此，我已经按捺不住内心的冲动，要触犯她的忌讳，要暴露一个秘密，一个连她自己也还浑然未觉的秘密——她的身上，有一个得天独厚的妙处。实际上，我过去阅女颇多，经验丰富。若非如此，绝无可能慧眼识珠，发现她居然独怀妙处，当然也无从领会那妙之为妙。所幸，我年轻的时候颇好女色，多流连于花街柳巷，因而独具慧眼，得以发现她拥有多数女人都难以企及的极为稀罕的美妙性器。在过去，她若是被卖到岛原的妓馆，定然艳绝当世，名噪天下，引得无数嫖客竞相云集。天下男子悉数痴迷，莫不为之心荡神摇（这一点，我还是不要让她知晓才好。若她自己有所觉察，那至少是于我不利的。但是，她若听闻此事，到底又会如何呢？是沾沾自喜呢，还是深以为耻？抑或，竟会倍生受辱之感？依我猜想，肯定是怒形于色，而内心却得意非常、喜不自禁）。她的这一个妙处，我只要稍一假想，便会燃起妒火。如果别的男人知道了她的这一妙处，并且知道了我独占着这份无与伦比的天赐之美，但无力尽享其乐，更是无法回馈天与之幸，那可就大事不妙了，都不晓得会出什么事儿，真是令人不寒而栗。念及于此，我不禁心生忧恼，坐卧难安，总觉得自己对她怀着万分愧疚，乃至罪恶深重。于是，我就想方设法刺激自己。比如说，我让她刺激我的兴奋点——当我闭合双目，让她亲吻眼睑的时候，快感就油然而生。或者反过来，我刺激她的兴奋点——她的腋下极为敏感，我的亲吻让她颇为受用——这样，反而更能刺激到我，令我欲望升腾。然而，我的这点儿癖好，却得不到她的欣然响应。她不愿耽溺在那“不自然的游戏”中，而是墨守俗套，中意于男上女下的正统体位。就算我跟她解释说，这样的游戏就是正事的前奏，也全属枉然。她还是毅然决然地要固守那所谓的“女人的教养”，嫌恶有违于正统的前戏。我恋足成癖，近乎痴迷，而她恰恰拥有一双异乎寻常的美足（那双美足绝不像是属于一个已经四十五岁的女人）。她明知自己有这样一双美足，却几乎从不向我展露。不，应该说她正是因为明知如此，才笃定了心思，故意不让我一偿所愿。即便是盛夏时节，溽暑难当，她也总是穿着鸦头袜，把那一双美足严严实实地藏在里面。我央求她，至少让我亲吻一下足尖儿。但她总会搪塞“那多脏啊”或者“那儿也不是能碰的地方啊”，反正就是不肯让我如愿。这番那般，弄得我愈发无计可施……新年伊始，自己先发了一大通牢骚，我自己也略感惭愧，不过还是觉得写下来才好。明晚就是“年初交欢”了。喜欢正统体位的她，想必还是要一如往年地，在庄重肃穆的气氛中举行“年初交欢”之礼，恐怕是绝无可能依从于我了……

一月四日

今天遇上了件稀奇事儿。下午，丈夫外出散步的时候，我进了他的书斋。因为新年的头三天是“三贺日”，我就没有打扫书斋。今天本想去打扫一下，却在无意之间看到了一把钥匙。钥匙就掉落在书架的前面，书架上有一个小花瓶，插着一支水仙。或许，这完全无需在意。不过，我还是觉得颇有几分奇怪的。丈夫是个谨慎的人，不会出于疏忽而把钥匙掉在了那个地方。而且，在他写日记的那么多年里，钥匙一次也未掉过……其实，我知道丈夫把那个日记本放在那个小书案的抽屉里，而且还会上锁，也知道藏钥匙的地方，有时是夹在书架上那些各种各样的书中间，有时会塞到地毯下面。这些事情，我都早已了若指掌。不过，我自有分寸，清楚什么事儿该知道，什么事儿不该知道。我知道那本日记的所在，也知道钥匙的藏匿之处，但也就仅此而已。我决不会打开那本日记，也从未看过半个字。可是，今天的事颇有些诡异。丈夫生性多疑，从来都是特意锁好了抽屉之后，再把钥匙小心藏好，否则就无法安心似的……这样的一个人，今天怎么就会无端无由地把那个钥匙掉在了那个地方呢？莫非是他的心理发生了些变化，觉得有必要让我读日记吗？而且，他或许很清楚，如果直接让我读的话，我是根本就不会读的，所以才这样，算是迂回地告诉我说："钥匙在这儿呢。你若想读，就秘而不宣地读吧。"这样说来，我清楚钥匙的藏匿之处的事，他应该一直都不知道。不对，不对，他应该是想说："你秘而不宣地读，今后我也就秘而不宣地允许了。不过，虽说是允许，表面上可还是要佯作不许的……"

算了，怎样都是无所谓的。即便真的如我所料想的那样，我也是决不会读的。我不想跨越自己所设定的并墨守至今的界限，不想进入丈夫的心理世界。我不喜欢让别人知道自己的内心，同样也不喜欢对别人心理世界的深处追根寻底。况且，如果他是有意让我去读那本日记的话，那说明里边可能会掺进了虚假的内容，而且也不可能尽是写些让我愉快的事。不过，他只管去写他喜欢写的，想他喜欢想的，我都无所谓。但是，我就是我，我自有打算。实际上从今年起，我也开始记日记了。像我这种从不向别人吐露心声的人，至少有必要自己讲给自己听。但是，我要小心，不能因为一时疏忽而露出了马脚，让丈夫察觉到我在写日记。这个日记，我要趁着丈夫不在家的时候悄悄地写，还要好好地藏在丈夫绝对想不到的某个地方。我之所以生出要写日记的想法，第一个原因其实很简单。我对丈夫日记本的藏匿之处是一清二楚的，相反，丈夫连我在写日记这件事情都浑然不觉。稍一对比，高下立见。一种优越感油然而生，让我感到无上的欣喜……

前天夜里，是新年的第一次房事……啊啊！这种事情竟然写在笔下，到底是怎样的一种羞愧呀！父亲在世的时候，常常训诫子女要“慎独”，倘若他知道我写下这种事情，到底会怎样叹息我的堕落呢……丈夫似乎是一如既往地到达了欢喜的极顶，而我却又是一如既往地远未尽兴。而且，事后也让我感到难以形容的不快。丈夫因为自己体力衰退而感到羞愧，每每都对我说抱歉，但又攻击我，说我对自己的丈夫太过冷静。所谓“冷静”，是丈夫对我的批判。他说我是“精力绝伦”的女人，在那方面强到如同病态一般，但我的做法过于“公式化”“毫无新意”和“了无生趣”，没有一点变化。他说我平素凡事消极、谨慎，唯独对那件事是积极的，尽管如此，还是二十年如一日地用同一个方式、同一个姿势——然而，丈夫又似乎洞察着我的一切反应。对于我无声的求欢，他从未失察；对于我细微的意思表露，他也都很敏感，马上就能觉察。又或许，是因为我的欲求太过频繁，以至于让他一直战战兢兢，结果反倒弄成了那个样子——用他的话说，我是个纯粹的功利主义者，没有一点儿的情趣和味道。丈夫说，“你对我的爱，还不及我对你的爱的一半”“你就是纯粹地把我看作必需品罢了——而且是极不完备的必需品。你如果真的爱我，就应该更有热情，就应该响应我的任何要求”“我没能让你得到充分的满足，但一半的责任在于你。如果你能更有力更有效地挑起我的热情，我也不至于如此不行。你一向连一点儿努力都不做，做事的时候从来不主动配合我。你明明贪吃，却一直揣着手，只想着等人来喂”，甚至还说我“是冷血动物，是个心地恶毒的女人”。

丈夫那样看我，那样说我，倒也不是一点儿道理都没有。只是，我从小就受到父母的旧式教育，一直以来就认为作为女人无论在什么情况下都理所应当是被动的，决不能对男人有任何主动的言行。

我绝非没有热情，而是禀性内敛。我把那热情深深地潜藏在了身心的最底层，从不向外释放。纵然是勉强着要释放出来，也一定会在释放出来的那一瞬间消散得一干二净。我的热情，是苍白的，不会熊熊燃烧。但是，丈夫并不明白……近来，我越发深切地意识到，我和他做夫妻很可能就是一个错误。原本，我应该有一个更为匹配的人，而他应该也是如此。我和他之间，在性的嗜好上有太多地方是矛盾的。当初，我遵照父母之命，懵懵懂懂地嫁到夫家，一直以为所谓的夫妻就是如此。但在今天看来，我大概是选了一个和自己在性方面完全合不来的男人。我以为这就是自己命中注定的丈夫，虽然无奈，但也只有忍耐。可是，每当我与他直面相对，都会毫无来由地感到一阵恶心在胸中涌动。那种恶心……没错！那种恶心的感觉，并不是在这一两天才开始有的，而是早在新婚的第一夜，自从与他同衾的当晚就已经萌生出来。在那个久已逝去的新婚旅行的夜晚，我上了床，看见他从脸上摘下了近视眼镜。就在那一刹那，我的心头猛地一颤，不觉毛骨悚然。现在想来，那个情形仍然历历在目。一般说来，总戴着眼镜的人如果摘下了眼镜，无论是谁的脸都会看起来有那么一点怪。但是，丈夫的脸却在一瞬之间变得煞白，看上去就像死人的脸一样。丈夫把那张脸向我凑得很近很近，仔仔细细地观察着我的脸，仿佛要通过毛孔探察到里面去。我也只得看了回去，打量起眼前的那张脸。我发现他脸上的肌理十分细密，皮肤也犹如铝箔一样异常光滑。那一刹，我的心头又是一颤，起了一身的鸡皮疙瘩。惊惧之下，目光不禁稍稍低落，却意外地发现他的鼻子下边、嘴唇周围还微微地长着一层胡须。他体毛浓重，胡须反倒并不显眼。我在白天里也没留意到，现在猛然看见眼前那张异常光滑的脸上竟然冒出了这么一层胡须，不由得心底又是一阵作呕。那是我有生以来第一次如此近距离地观察一个男性的脸。或许也是因为这个缘故，我从那以后直到现在，都不能在光亮的地方长时间凝视丈夫的那张脸。否则，那种心头一颤的惊惧就会再次袭来。所以，我一定要关掉枕边的电灯，就是不愿看到他的那张脸。但是，丈夫正相反。只要是在那个时候，他就一定要把屋子里弄得灯火通明。我知道他是要把我浑身上下的每一分每一寸，都竭尽所能地观察个清清楚楚（我对那种要求是绝少回应的。不过，偶尔也会因为他过于执拗地恳求看我的脚，不得已也就让他看了）。我不了解丈夫以外的男人，但觉得男性这种生物大概都是那样地难缠吧。他们执拗要求的各种各样的恶俗游戏，其实一点必要都没有，而且令人嫌恶，又甩不掉、摘不下，纠缠不休。这样的恶心习性，怕是天下男人共有的吧……

一月七日

今天，木村来家里做客。我正在读福克纳的《圣殿》，简单寒暄之后就上楼回了书斋。木村在茶室，和妻子、敏子聊天，三点刚过的时候，说是要去看电影《龙凤配》，三个人便一起出了门。六点左右，木村也一起回来了，跟我们一家共进晚餐，边吃边聊到九点多。吃饭的时候，除了敏子，我们三个人都喝了一些白兰地。郁子的酒量近来似乎有所增加。教她喝酒的是我，不过她原本就是有潜质的。她似乎很以饮酒为乐，有人斟酒，也不推辞，不声不响地喝了不少。她当然也会醉，不过是那种隐性的醉，醉意并非向外升发，而是向内郁积。她一直压抑着酒劲儿，虽已醉在其中，却不易为人察觉。今晚，木村殷勤地斟酒，给她的雪利杯里添了足足有两杯半的酒。妻子的脸色略呈青白，未见丝毫醉态，反倒是我和木村都已是满脸通红了。木村酒量不大，比妻子或许还要稍逊一些。妻子接受其他男人给倒的白兰地，今晚应该是第一次吧。木村原本先是给敏子倒酒的，但敏子说："我不能喝酒，请给妈妈斟酒吧。"我早已发现，敏子似乎有意地回避着木村。莫非连她也感觉到了，木村表示爱意的对象并非自己，而是自己的母亲？我琢磨着，是不是因为自己心生嫉妒而胡思乱想，于是努力打消那种念头，但还是难以抑制思绪的纷飞。妻子对待来客，素来不甚理睬，尤其对男客似乎更是不愿会面。不过，唯独对木村，她倒是乐于亲近的。敏子、妻子，还有我，都发现木村长得像詹姆斯·斯图尔特[①]，但直到现在，我们谁都从未说破。而且我知道，我的妻子喜欢詹姆斯·斯图尔特（虽然妻子未曾明说，但只要是詹姆斯·斯图尔特的电影，她都一定去看，一部都不会错过）。我原以为，妻子接近木村是出于对敏子婚嫁的考虑。事实上，允许木村出入家中，还有妻子对木村的接近，起因原本在我。我考虑着要把敏子嫁给木村，便请他常到家里来，又让妻子若无其事地察看他二人相处的情况。不过，敏子对这桩婚事似乎并不上心。她刻意地尽量避免与木村独处，总是和郁子三个人一起在茶室聊天，看电影也必定要约上母亲一起去。我觉得不妥，便对妻子说："你跟着不好，还是让他们两个人单独相处吧！"可妻子颇不赞同，说是作为母亲负有监督的责任。我反驳说："你的观念太过陈旧了，应该信任他们。"她随即回道："我也

---

① James Stewart（1908—1997），美国电影演员，主演过电影《费城故事》《迷魂记》等。

是那么想的，不过敏子她总是让我陪着。”如果确如其言，那么敏子很可能是另有用意的。她晓得母亲比自己更喜欢木村，或许还是有意地为母亲牵线搭桥。我有种莫名的直觉，妻子与敏子之间形成了某种心照不宣的默契。妻子可能以为自己是在监督两个年轻人，但她或许并未意识到自己实际上已经爱上了木村……

一月八日

昨夜，我醉了，丈夫醉得更深。丈夫近来没怎么强求让我亲吻他的眼皮，昨晚却频频苦求。因为白兰地的作用，我稍稍地偏离了常轨，晕晕乎乎地应了他的要求。不过，那倒也没什么。但就在亲吻的时候，我不经意间竟然清楚明了地看到了那个千万千万看不得的东西——摘下了眼镜的那张脸。我一般都要在亲吻眼皮之前就把眼睛紧紧地闭上，可昨晚上却鬼使神差似的又睁开了眼睛。刹那间，那一张脸上铝箔般的皮肤，仿佛是在宽银幕电影上被扩大了好多倍似的笼罩在我的眼前，遮蔽了我的全部视野。我心头一颤，不禁毛骨悚然，清楚地感觉到自己的脸唰的一下子变得寒霜一样苍白。不过，幸好丈夫马上就又把眼镜戴上了。一如旧例，他要对我的手和脚开始一番细致而精密的勘察了……我默不作声地把枕边的台灯关掉。丈夫马上伸出手去，要把开关旋钮往回拧。我就又把台灯向远处推去。耳边响起了丈夫的央求声：“啊哟！发发慈悲吧！就让我再看一次啊！求求你发发慈悲呀……”丈夫在黑暗中摸索着找来找去，但结果还是没有找到台灯，也就只好作罢了……

久违了的、久久的拥抱……

我对丈夫，半是激烈的嫌恶，半是激烈的爱恋。我与丈夫，确确实实在性方面合不来。话虽如此，我也不愿去爱一个别的男人。我的身心上烙印着古老的贞操观念，与生俱来地就无法背叛。我对丈夫的那种执拗的、变态的爱抚方式，切切实实地感到费解，也在心底纠结。可是，我也明明白白地知道他爱我爱得狂热，若不能回报一二，则心底难安。啊——！话虽如此，如果他还能有一点过去那样的体力的话……到底是怎么一回事儿呢？他在那方面的精力怎么会衰退得那么厉害呢？如果让他说的话，那就因为是我太过于淫荡，结果导致他也终究抵不得诱惑而失了节制。在他看来，女人在那一点上犹如不死之身一般强韧，但男人需要用脑，就相当于是在耗损人身之精，也会直接反应在身体上。被丈夫这样说，我感到羞耻。但他一定会觉察到，我的淫荡是体质使然，任凭自己怎样努力也无法左右。丈夫若是真的爱我，那就应该想方设法让我欢喜。只是，无论如何我都希望他能明白，那种全无必要的猥亵嬉戏已经让我不胜其烦了。对我来说，那种嬉戏非但全然无益，反而只会损毁了兴致。说到底，我心里想要一如旧时，潜藏在昏暗幽闭的闺房之内，把身体埋藏在厚厚的被褥之下，既不见丈夫的脸，也不见我的脸，悄悄地行事。仅此就足够了。夫妻之间在这一点上大异其趣，真是一个无比巨大的不幸。难道就没有一点办法，在彼此之间找出一个什么妥协点来吗？……

一月十三日

四点半左右，木村来了。他说老家寄来了干鱼子，就带过来给我们品尝，然后三个人聊了有一个钟头。我估摸着他要回去了，便下了楼，挽留他吃过饭再走。木村也不推辞，嘴上说了句“那就承蒙款待了”，就安之若素地坐了下来。准备晚餐也还要一段时间，我就又上了楼，回书斋去。我注意到，敏子主动要求自己一个人去厨房备餐，而妻子就留在了茶室。虽说是款待，只有些现成的，不过恰巧有木村刚刚送来的干鱼子，还有妻子昨天在锦市场买的鲋鱼寿司，正好可以下酒。于是，我们喝起了白兰地。妻子不喜偏甜的食物，却颇好适合下酒的菜肴，尤其是鲋鱼寿司。我是既好酒又喜吃甜食的，但吃不来鲋鱼寿司。那东西，家里除了妻子之外，谁都不吃。木村是长崎人，自然吃惯了家乡的名产干鱼子，但对鲋鱼寿司是婉言谢绝的。木村以前来我家，从没带过特产，今天恐怕是一开始就算计好了要和我们一起吃饭的。他的心思究竟如何，我现在还拿不准。木村他到底是迷恋着哪一个呢？是女儿敏子，还是母亲郁子呢？假设我是木村，若要说哪个女人更令人痴迷的话，那么，毫无疑问是郁子，哪怕她已经上了年纪。不过，他的最终目标可能还是敏子。敏子对这件婚事似乎并不中意，木村也就只好迂回着讨取母亲的欢心，盘算着通过母亲来打动敏子吧？——不对，这不是重点。反倒是我自己，到底作何打算呢？今晚，我也挽留了木村。到底是何打算呢？这一心理，连我自己也颇感奇异。几天前，就是在七日晚上，我已经清楚地感觉到了自己对木村怀有淡淡的嫉妒（或许也并非是淡淡的）——不对，不是几天前，而是从去年的年末就开始了。——不过，我并未因此而感到一丝一毫的难过，相反，倒不如说是在默默地享受着这份嫉妒的快乐。其实，嫉妒会激发我那方面的冲动。在某种意义上说，嫉妒不仅必要，而且嫉妒本身就是快感。当天晚上，我就成功地利用对木村的嫉妒让妻子享受了欢喜。我因此而明白了一个道理，为了我们夫妇能继续享受完美的性爱，木村俨然已是今后必不可少的兴奋剂了。当然，我也有点顾虑，不消说就是希望妻子拿捏好分寸，不要超出兴奋剂的使用范围。只要限于界内，妻子可以无限地接近界限，越近越好。我要嫉妒，我要嫉妒到癫狂。哪怕是让我在心底生出些许猜疑，猜疑她是否已经因为情势所迫接近边缘，乃至越过边线，我也希望妻子无限地接近界限。那种对界限的无限迫近，真正是我的企盼。话虽至此，但她绝无可能做出那样大胆的事来。不过，我希望她能明白，我之所以要那样地竭尽全力刺激自己，完完全全就是为了她自己的幸福。

一月十七日

在那以后，木村还不曾来过，而我和妻子却开始每晚都要喝白兰地了。我若倒酒，妻子便能喝很多。我喜欢看妻子拼命地掩藏醉意的样子。醉意内攻，她的脸色愈发地泛起冷冷的青白，一股难以言说的媚惑氤氲而生。我不禁为之迷醉，为之心荡神摇。我一心想着让她醉入梦乡，怎奈她无论如何都不中招。她醉了，反而愈加固执，决意不准我碰她的美足，而且执拗地要求我只能依从她自己的方式……

一月二十日

今天，一天里都头痛。虽然谈不上是宿醉，但昨天确实是过量了……木村君担心我喝白兰地的量会越来越多，给我斟酒也不会超过两杯，还有意劝我节制，说：“还是要适量才好。”丈夫则正相反，似乎比以前还想让我多喝。他心里清楚我有个弱点——若是有人倒酒，就不会拒绝，因而存心要让我无节制地喝下去。但我自己心里明白，这个量就是极限了。在丈夫和木村君面前，我从未有过一次酒后失态。不过，我是勉强着喝的，所以酒后会很难受。我还是应该稍加留意才是……

一月二十八日

今晚，妻子突然人事不省了。今天木村来了。我们四人围坐，边吃边喝。兴致正浓的时候，她起身离席，许久未归。木村有点纳闷，说道：“怎么去了那么久呢?”我知道妻子喝白兰地过量的话，有时会半途离席去卫生间，也就并未着急，随口应了句：“嗯？马上就回来啦!”但还是稍久了些，木村放心不下，便起身去叫她。不一会儿，就听见木村在过道里喊敏子：“小姐！有点不对劲儿，你快来啊!”——敏子今晚也很识趣，很快吃完饭，一个人回了房间——听见木村说“不对呀！夫人好像不见了似的”，敏子便开始找，结果在浴室发现了妻子。身子还泡在浴缸里，双臂搭在浴缸边上，脸伏在手臂上睡着了。敏子说：“妈妈，可不能在这儿睡呀!”可妻子全无回应。“先生！不得了了!”木村飞奔而来，向我报信道。我进了浴室，来到浴缸边上，给妻子把脉。脉搏微弱，一分钟九十多下，将近一百。我脱掉衣服，进到浴缸里，抱出郁子，平放在浴室更衣间的地板上。敏子给母亲裹好浴巾，说了句“我先去把被褥铺好”，就去了卧房。木村不知道该如何才好，在浴室的门里门外彷徨失措。我说了句“你倒是也来帮一把啊”，他才放下心，大大方方地走了进来。我说：“不赶快擦干的话，就会着凉的。不好意思，要麻烦你帮我一下。”于是我们两个人拿着干毛巾，擦拭她湿漉漉的身体（即便是在这一刹那，我也没有忘记对木村的利用。我把上半身交给他，自己负责下半身。我连妻子的脚趾缝也擦得干干净净，又告诉木村说：“手指缝里也要擦一下。”此间，我也细心地观察了木村的动作和表情）。敏子拿着睡衣来了，看到木村正在帮忙擦拭着母亲的身体，便说了句“我去准备汤婆子吧”，就马上转身出去了。我和木村两个人给郁子穿上睡衣，把她背到卧房。木村说：“可能是脑贫血，所以汤婆子还是先不要用吧。”我们三个人商量了一下要不要请医生来。我觉得如果请儿玉医生的话倒也无妨，但还是不想让人看到妻子的这番模样。不过，妻子的心跳稍显微弱，结果还是请了医生。儿玉医生果然也说是脑贫血，告诉我们“不必担心”。他给妻子注射了一针强心剂，然后离开。当时已经是夜里两点……

一月二十九日

昨晚的记忆所剩无几。我记得自己喝多了酒，很难受，于是去了卫生间。我还能依稀回忆起自己去了浴室，然后晕倒在浴缸里。那之后，就全无印象了。今天拂晓，我睁开了眼睛，发现自己是躺在床上的。我知道不是自己过来的，应该是有谁帮了忙。今天一整天，我都觉得头很沉，而且浑身乏力，起不得身。有时候，觉得自己醒过来了，恍惚间却又进入了梦境，一直就这样迷迷糊糊的，在似睡非睡、似醒非醒之间。傍晚时分，我稍稍醒过神来，于是勉勉强强地把这些记录在日记里。接下来，我要继续睡觉去了。

一月二十九日

昨夜至今，妻子似乎一直都未曾起床。昨夜，我与木村两个人把她从浴室背到卧房是十二点左右，请儿玉医生是在十二点半左右，医生离开的时候是凌晨两点左右。送医生出门，我看见星空美丽，忽又觉得寒气凛凛。卧房里有火炉，每晚睡前添上一把煤炭，夜里也还算是暖和的了。不过，木村说："今天还是要更暖一些才好啊。"我便让他多添些煤。木村说："请多保重。我先回去了。"可是，这个时候让他回去的话，也太不近人情了，便开口挽留道："被褥都有，你就在茶室住一晚吧。"他回说："反正也近，没什么的，请您不必多虑。"他把郁子背进来之后，就一直留在了卧房里（屋里没有多余的椅子，他也没地方坐，就在我的床和妻子的床之间站着）。这样说来，我才注意到，木村一进来，敏子就出了屋，直到现在都没再露面。木村坚持回去，一再地说着："没什么的、没什么的。"最后还是走了。说实话，他的离去，正合我意。就在刚才，一个计划悄然浮上了心头。从那一刻起，我便在心中默默地期盼着木村的离开。等到他出门离去，又确认了敏子也不会再现身，我便靠近了妻子的床，捉起她的手腕，察看脉搏。想必是强心针起了作用，脉搏已经恢复正常。看样子，她似乎已经陷入了深深的睡梦之中——究竟是真的沉入了梦乡，还是佯作睡态呢？就她的性情推测来看，这一点颇值得怀疑。不过，转念一想，即便是佯作睡态，那也无妨。我先把炉子里的煤炭拨了几下，让炉火烧得旺旺的，微微地噼啪作响。接着，又慢慢地把落地灯灯罩上的黑色罩布揭去，让屋子里豁然一亮。我轻轻地把落地灯挪近妻子的床边，将她的全身放进明亮的光轮。我清楚地感觉到，自己的心脏骤然亢奋，猛烈而激狂地跃动。梦寐以求的夙愿，就要在今夜里实现了。我因此而欣喜若狂，不能自已。我蹑手蹑脚地走出卧房，进了二楼的书斋，从写字台上取下荧光台灯，拿回卧房，在床头柜上放好。这件事，我是早有预谋的。去年秋天，我把书斋的台灯换成了荧光灯，实际上就是预想着有朝一日能等来这样的机会。当时，妻子和敏子是反对的，说是荧光灯会干扰收音机，但我还是以视力衰退、读书吃力为由，坚决地换了。——事实上，当然也有出于读书的考虑。不过，相比之下，那简直就是微不足道的。我的胸中燃着炽烈的欲望之焰，饥渴地盼望着有朝一日能在荧光灯的光明之中，暴露妻子的赤裸裸的身体。这是蓄意已久的梦想，自从知道了荧光灯这种妙器的时候开始，我就一直如痴如幻地妄想着那一图景……

……一切顺利，全如预期。我又一次地脱光了她的衣服，把上上下下里里外外的衣物一丝不留地悉数剥去，让她赤裸裸地仰面朝上，毫无遮掩地横陈在荧光灯与落地灯恍如白昼的光亮之下。如同查看地图一般，我对她的裸体展开了详细而精密的勘察。好一个美妙如玉的裸体！浑身上下全无一点污瑕。我登时惊异到全然失度，一时间呆若木鸡。何至于此？倒不是说我从未见过自己妻子的裸体，只不过像眼前这样一览无余地呈现出作为一个整体的全身裸像，还真是第一次。我想，为人夫者大多会对自己妻子的肉体了如指掌，无论形状，抑或细节，恐怕就连脚掌的纹路也都是一清二楚的吧。可是，我的妻子，她竟然直到现在还坚决不向我袒露。房事之时，自然也看到了各个部位。但所见并非整体的全裸，而是孤立的局部。范围也仅限于上半身的一部分而已，至于那些对房事并非必要的地方，她绝对是从来都不让我看见的。我就只好用手去触摸，凭着感觉去想象那些部位的形状，在心底揣摩着那美轮美奂的肉体。正因如此，我打定了主意，心心念念地想着要把她的身体暴露在明亮的白光之下，一饱眼福。结果非但没有辜负我的期望，甚至远远地超乎想象。终于，结婚以来第一次，我看到了自己妻子全裸的身体，真真切切地看到了那完整的赤裸肉体。尤其是那下半身，我看得真真切切，未有丝毫遗漏。她生于明治四十四年，所幸因此不像时下青年女子那样身材颇似西洋女人。年轻的时候，她是游泳和网球运动员。因而作为那个年代的日本妇人，却拥有着匀称的骨骼。只是胸部略平，乳房和臀部也未充分发育。双腿纤细，修长美丽，但小腿微微向外弯曲，稍呈O形，腿型算不上笔直，令人遗憾。尤为美中不足的是，脚尖儿不够纤细。不过，我不大喜欢西洋人那样的直直的脚型，而是怀念如我的母亲、伯母那样的脚。传统日本女人的脚美在弯曲，惹人爱怜。若是了无曲线，平直如板，则为太过，反而不美。胸部、臀部亦是如此，无需太过发育而胀满，如中宫寺①的本尊菩萨像一般，略显丰盈，方为最妙。在我的臆想之中，妻子的身形体态定然非常美妙。亲眼目睹，果然一如所料。不过，超乎想象的是她的皮肤，浑身上下纯然净洁无瑕。一般来说，人的身体上多多少少都会有些许微小的斑点，或是淡紫，或

① 位于日本奈良，其本尊为如意轮观音。

是黝黑。我专心致志地在妻子的周身上下搜寻了个遍，竟然没有发现半点微瑕。我将她的身体翻覆向下，勘察后面的皮肤，甚至连那孔洞也细致地窥探了一番，结果还是全无点瑕。臀部丰盈，左右翘起。那两臀间凹陷处的白，简直是无法言喻的，净白如斯，令人叹为观止……妻子经历了四十五个春秋，还分娩过一个女儿，但是岁月无痕，皮肤完美，竟无一点瑕疵。婚后的二十多年间，我一直只能在黑暗之中用手触摸，绝无机会亲眼凝视这曼妙绝美的肉体。念及于此，我反而倍感幸福。妻子的肉体之美，包裹在同栖同宿二十多年的黑夜里，时至今日我才得以观赏，为之惊叹。恍惚之间，觉得自今而后，恰似新婚。按年头来说，我们应当早已进入了夫妻生活的倦怠期。然而，今后我会以加倍的热情去溺爱我的妻子……

我将妻子俯卧的身体又翻仰过来，满眼贪婪地凝视着那一段优美的身躯，赞叹不已。猛然间，我的心头闪现一个念头。妻子并不是真的睡着了，而是装睡无疑。原先应该是真的睡着了，但不知什么时候醒了过来。虽然醒了，却因意外的情状而不知所措。她意识到自己是一副羞态，陈于人前，又不好妄动，索性佯作熟睡。这只是我的猜测，或许并非事实，不过妄想而已。但是，我又执意地坚信这个妄想就是真实。这净白美丽的皮肤包裹着的女体，任我肆意摆弄而无丝毫抗拒，直如尸骸一般，实际上却是意识明晰的鲜活肉体。一念及此，一股无法抑制的愉悦油然而生，灌注全身。不过，假如她是真睡的话，这样一段耽于猥亵嬉戏的文字或许还是不写为好。假设妻子偷看日记是确凿无疑的，那她读过之后，岂不是要有意提防，今后都不会再喝得烂醉了吧……不对，恐怕她是不会有意避免喝醉的，否则就等于证实了她自己的的确确是在偷看日记。只要没有读过这一段，那么她对自己人事不省之后的事情，自然应该是一无所知的……

从凌晨三点左右开始，差不多有一个多小时，我一直都守着妻子赤裸的身体，凝神观赏，沉浸在那无涯无尽的至乐妙趣之中。当然，我也并非仅仅是默默地凝视，也在有意地观察。想试探一下，如果是装睡的话，她到底能装到何时。想为难她一下，逼着她不得不装睡到最后而陷入困窘。而且，我抓住这个绝妙的时机，随心所欲地尝试着那些被她厌恶的猥亵嬉戏——那些被她斥责为偏执、无耻、下流、非正统的淫秽嬉戏。我也终于实现了那个长久以来深藏心底的夙愿，尽情尽兴地用我那蓄满着贪婪的舌头，竭尽所能地爱抚她那绝妙的美足。此外种种，不一而足，若用她一贯的口吻来说，尽是些连记录于此都深以为耻的猥亵嬉戏。我想试探一下她的反应，便俯身去亲吻她的兴奋点，却一不小心掉了眼镜，滑落在她的腹部。显然，她一惊之下似乎醒转过来，眼皮儿动了一下。我也吃了一惊，急忙关掉荧光灯，屋子里一时间暗了下来。然后，我准备好一片鲁米那和半片卡屈沙[①]，又往炉子上的烧水壶里兑些冷水，用温水把安眠药给她喂了下去。我先把药含在自己嘴里，再送入她的口中，她似乎在半梦半醒之间咽了下去。（那个剂量多半不会起什么作用。当然，我的目的不是要让她睡着，而是方便她继续装睡。）

看着她陷入沉睡（或许是佯作沉睡之态），我开始实现自己的最终目的。今夜，没有妻子的阻碍，又有充分的前戏，我的情欲如烈焰升腾，身体也兴奋异常。一番云雨，酣畅淋漓。其中壮美，其中

---

① 催眠类药物。

愉悦，连我自己也殊为震惊。今晚的我，不再畏畏缩缩，不再窝窝囊囊，而是雄风大振，彻底地征服了她的淫荡。从今而后，我要更频繁地把她灌醉，灌到烂醉如泥。不过，今晚也稍有蹊跷。数番云雨之后，她依然一副沉睡不醒的样子，仿佛仍在半梦半醒之间。偶尔，她微微地睁开眼睛，但目光涣散。也会动一动手臂，但动作缓慢，好像在梦游中一样。而且，她竟然破天荒地用手摸索着我的胸、胳膊、脸、脖子、脚……婚后至今，那些必要以外的地方，她可是绝对连看也不看，碰也不碰的。也正是在这个时候，从她的嘴里如梦呓一般地漏出了一个名字——“木村君”。声音细微，真的很细微，而且仅仅就那么一次，但千真万确她就是那么说的。是真的梦呓？还是假装成梦呓的样子，故意那么说给我听？至今，我仍然心怀疑问，而且思绪百端。也许，她是睡得恍惚，梦中与木村交合。或者是佯作梦态，演给我看，有意告诉我说“啊……如果能与木村缠绵如此……”又或许，她是想说，“你若还将我灌醉，搞这些亵戏的话，我还是会在梦中与木村君共寝的哟，所以你还是打消这个念头，别再搞这些了吧！”……

晚上八点多，木村的电话。他说：“夫人的情况如何？我本该登门探望……”我回他道：“之后给她吃了安眠药，现在还睡着，似乎别无不适，不必担心……”

一月三十日

我一直躺在床上，还未起身。现在的时间是上午九点半。今天星期一，丈夫应该是在大约三十分钟之前出去了。出门前，他悄悄地走进卧室，观察了一会儿我的呼吸，以为我还在熟睡之中，就又一次亲吻了我的脚，然后转身离开。女佣进屋来，问："您感觉怎么样?"我便让她拿来热毛巾，然后在卧房盥洗间简单地洗了脸，又让她拿来牛奶和一个半熟的鸡蛋。我问："敏子呢?"女佣回说："在房间里。"但也没见她露面。我感觉精神好了些，似乎也能起得来，但还是打算躺在床上写日记，开始静静地回想从前天夜里到现在的事情。我觉得前天夜里的事情有些蹊跷，不明白究竟为什么会醉成了那样。身体状况上的原因倒也是有一点的，但更可能是白兰地的缘故。丈夫那天新买来的，不是以前喝的三星，是一种瓶身上标注着"白兰地·拿破仑"，叫库瓦西耶的白兰地。我觉得口感非常好，不知不觉就过了量。我不愿被人看到自己的醉态，所以每次稍一感觉到喝多了不舒服的时候，就会马上躲进卫生间里。那个晚上也是如此。我躲进卫生间里，过了大约几十分钟。几十分钟？或许有一个小时、两个小时，都没从卫生间出去。当时，我一点都不难受。和难受比起来，更应该说是一种恍惚的感觉。意识是模糊的，但并非全然没了知觉，多多少少还有些清醒的地方。我模模糊糊地记得，自己蹲得太久，腰和腿都累极了，不觉间就用双手拄着便器挡板前面的地面，最后一头栽倒在了地板上。然后，我发觉浑身都是难闻的味儿，就出了卫生间，但可能是还想着要把那一身臭味儿洗掉，又不愿让人看见自己脚跟不稳的样子，就那样去了浴室，脱了衣服。这些情形，模糊不清。仿佛是一个遥远的梦境，残留在依稀的记忆里。再后来的情况，我无论如何都回忆不上来了。(我注意到自己的右上臂贴着医用胶布，像是打了一针，想必是请了儿玉医生吧。）清醒过来的时候，我发现自己已经在床上了。熹微的晨光，给卧室里添了些清淡的亮色。那是昨天的拂晓时分，大约六点左右。不过，后来的意识也不是一直都清醒着。我头痛欲裂，感觉着全身陡然下沉，仿佛坠入了深谷。昏沉里醒转过来，又在恍惚中昏睡过去，也不知道几度睡去，几度醒来。——准确地说，应该是没有完全地清醒过来，也没有完全地熟睡进去，昨天的一整天里都是这样，处于清醒与昏睡的中间状态。在那半昏半醒之间，我觉得头痛，重重地、钝钝地痛，但也因而体验到一个能让疼痛忘却得一干二净的奇异世界——进去了就会忘却，出来后却又分明地感觉得到疼痛。也不知道几度进入，又几度走出。的的确确，那是梦境无疑。不过，怎么可能会有那样鲜明、那样逼真的梦呢？最先，我突然间感觉到自己的肉体达到了极度的痛苦与欢喜的巅峰。简直是太不可思议了！假若是我的丈夫，怎么竟会给予我如此罕见的、强大的充沛感呢？我马上意识到，身上的人并不是丈夫，而是木村君。莫非是为了照顾我，木村君留宿在这里了吗？那么，丈夫又去了哪儿呢？还有，我怎么可以做出这样有悖于伦常的事呢？……但是，我已经全然沉没在那美妙的快感里，根本无法去思考那些了。这种程度的快感，丈夫至今连一次都没能给过我。做夫妻的二十多年里，丈夫从来没有这般令我酣畅淋漓，而是一直都很无聊、不像样、潦草且不让人尽兴，回味起来简直味同嚼蜡。和这个比起来，那样根本就不是真正的性交。这个，才是真货！是木村君，让我懂得了什么才是真正的性交。……我虽然那么想着，但心里也知道那其中的一部分无非是梦。把我抱在怀中的男人像是木村君，但其实是梦中的幻觉。事实上，那就是我的丈夫。自己明明是被丈夫抱着的，感觉中却把那个男人当成了木村君。这一点，我心知肚明。我猜想，一定是丈夫前天把我从浴室抱回卧房，放到床上，然后又趁着我人事不省，把我的身体尽情地赏玩摆弄了一番。在某一个瞬间里，我突然惊醒过来，恢复了意识。他在吮吸我的腋下，很用力，很猛烈。因为过度地沉浸于其中，竟然一不小心弄掉了眼镜，啪嗒一下坠落在我的肚皮上。突如其来的一阵冰凉，惊得我一下子睁开了眼睛——发现自己的衣服已经全被剥去，浑身上下一丝不挂，落地灯和枕边的荧光灯亮如白昼。我的身体被仰面朝天地摆在床上，赫然暴露在灯光辉映而成的青白色的光轮中——或许，也可能是因为荧光灯的光线太过明亮，刺激得我睁开了眼睛——不过，我也只作浑然未觉。丈夫捡起掉落在我腹部的眼镜重新戴好，然后又把嘴唇从我的腋下移开，转向小腹，吮吸了起来。我还记得，自己条件反射地蜷起了身子，慌忙地伸出手想要摸一条毯子来遮盖身体。丈夫似乎察觉到我睁了下眼睛，便给我盖上羽绒被和毯子，然后关掉枕边的荧光灯，又把落地灯灯罩的罩布重新安装好——卧室里原本是不应该有荧光灯的，想必是丈夫把书斋桌子上的那个拿了过来。丈夫肯定是在荧光灯的照耀之下，仔细勘察我的身体的细节，品味着无限的愉悦。身上的各个部分，连我自己都还没有那么仔细地观察过，竟然被丈夫一览无遗。想到这里，我不禁羞红了脸。丈夫一定是算计好了要长时间地赏玩我的裸体，因为证据确凿——为了防止我受凉感冒，当然更是为了避免我醒来，他把炉火烧得红通通的，烘得屋子里温暖得异乎寻常。我竟然被丈夫如此肆意地把玩，现在想起来还是不由得倍感气愤，羞愤难当。但是，当时还顾不上那些，我被一阵阵剧烈的头痛折磨得痛苦不堪。丈夫含着水把药片嚼碎，嘴对着嘴喂进我的嘴里。估摸着应该是卡屈沙或者鲁米那之类的安眠药，我一心想着要忘却头痛，便把嘴里的药液顺势咽了下去。然后，没过多久我又感觉到自己的意识在一点一点地淡去，朦胧间进入了半睡半醒的状态。应该就是在那之后，我产生了幻觉——不是丈夫，而是木村君与我相拥共寝似的幻觉。是幻觉吧？直到现在还淡淡地凭空浮现在眼前，似乎马上就会消散得无影无踪。但是，我所见的绝非那样的简单幻象。我虽然写着“相拥共寝似的幻觉”，但实际上并非“似的”，而是真的“相拥共寝”的真切感觉。直到现在，那样的感觉还清晰地留在我的手臂和大腿的肌肤上。而且，那与丈夫肌肤相触的感觉全然不同。我真真切切地用这一双手抓着木村君那年轻健壮的手臂，被他那富有弹性的胸膛重重实实地压在身下。让我最为痴迷的，是木村君的皮肤非常白，白得简直不像是日本人。而且……啊哟哟！真是羞死人了……不至于，不至于——丈夫应该不至于知道这本日记的存在，当然也更不可能会读到里边的内容。否则，我怎么会写这些呢！但是……啊哟哟！如果丈夫真的能做到这种程度的话……丈夫到底为什么不能发挥到这样呢？……在我意识中的某个地方，隐隐约约有种非常奇妙的感觉。我那样真切地感觉到的，实际上可能就是一个梦。虽说是梦，但也不全是梦，一部分是现实，一部分又是梦……事实上，我是被丈夫侵犯了，但幻觉中的丈夫却俨然变成了木村君。如果真的就是一个梦，那也未免太过于奇异了。因为，我直到现在也依然感觉得到那种真切、那种饱满，还有，那绝非丈夫所能拥有的、厚实的压力……

……如果真是因为那瓶库瓦西耶白兰地，我才醉成了那样，才出现了那样的幻觉，那我倒是真的渴望着一次又一次被灌下那种白兰地。而且，我在心里对丈夫怀着满满的感激，因为是他让我享受到了那种美妙的醉。然而，我始终挂怀着的，还是那个幻觉。我在幻觉中看见的，果真就是那个实际中的木村君吗？在现实中，我只是隔着衣服、凭着容貌去推测他的身姿体态。他的裸体，我连一遍都还没有看见过，怎么可能想象得出来呢？那个木村君，是我空想出来的，和现实中的木村君会不一样吧？一个念头，在我心底滋生。我要亲眼看看木村君的裸体，不是在梦中，也不是在幻觉里，而是实际上真切地看到，哪怕就一次也好……

一月三十日

正午过后，木村打电话到学校，向我询问："夫人情况如何？"我说："今早出门的时候还在睡着，不过我看已无大碍。今晚再来喝几杯吧！"他回道："那可不行啊！前天晚上把我吓坏了，先生您也要注意些才好。但不论如何，我还是要去探望一下的。"下午四点，木村来了。那时，妻子已经起来，正在茶室。木村说："我这就告辞了。"但我强烈地挽留他道："今晚一定要重新喝个痛快！好啦，好啦。"妻子也在一旁听着，笑盈盈的脸上绝无一丝嫌恶之色。木村也是嘴上虽说要走，却还安然稳坐，丝毫没有起身的样子。前晚深夜，木村走后，在我们卧房之内发生的种种事情，他当然无从知晓。（前天夜里天亮之前，我就把荧光台灯放回到二楼的书斋了。）莫非是他知道自己出现在了郁子的幻象世界里，还让她如痴如醉？那是绝无可能的。尽管如此，可他仿佛在心底热切地期盼着郁子醉酒。这又是所为何故呢？木村仿佛知道郁子的所思所欲。如果知道，那么，是他二人心有灵犀，以心传心吗？还是木村得了郁子的暗示呢？只有敏子的心情似乎不同。我们三人一开始喝酒，她必然是满脸嫌恶，自己一个人草草地吃完，匆匆地离开……

……今晚，妻子又半途离席，躲进卫生间，然后去了浴室。（妻子以前都是隔日泡澡的，近来却吩咐女佣每天都要准备洗澡水。女佣会在傍晚的时候放好水，然后回自己的家。点燃瓦斯烧水的事儿，就由我们自己来做。今晚点火烧水的人，按时间来看应该是郁子。）在浴室里，妻子晕倒了。一切如故，悉同前日。儿玉医生来了，注射了一针强心剂。敏子也躲开了，木村也在适当的照顾之后便告辞回去，与之前同样。之后我的所为，也与之前同样。还有，最为怪诞的是妻子那句梦呓，也与之前同样……这一声“木村君”，今夜也从她的口中漏泄而出。莫非她今夜也是在同样的情状之下，进入了同样的梦境，生出了同样的幻觉？……我暗自揣摩，却不得其解，不禁怀疑自己或许是受了她的愚弄……

二月九日

今天，敏子提出要搬出去自己住。理由是想要安静地学习，而且幸好碰到一处非常适合的房子，一时间就产生了这个想法。房东是一位法国老夫人，敏子在同志社跟她学习过法语，现在也在上她的单独授课。夫人的丈夫是日本人，患了中风，现在卧床不起。夫人自己在同志社任教，同时也兼做单独授课，以供家用。自从丈夫患病以来，夫人便专以外出授课为主，除敏子以外，不在家接待其他学生。夫妇以外，家里没有别人。房间虽然不多，但她丈夫曾用作书斋的、独立于主屋的房间现在空了下来。如果让敏子住进去的话，夫人外出时，也无需担心患病的丈夫。电话也有，瓦斯热水器也有。夫人也希望敏子能租住下来，说是她求之不得的幸运，而且愿意做些改造以方便入住。如果要放钢琴进去的话，就在书斋地板下面铺一层砖，把地板的龙骨铺垫结实。在书斋和卫生间、浴室之间修一个简易通道，无需借道穿过丈夫的病房。所费无多，又很方便。书斋的电话设成转接式的，可由夫人自行接听，而无需敏子理会。打给病人的电话本来就极少，夫人不在家时，敏子可以一概不管，不必为此类琐事一一烦扰。因为是这样的条件，房租也算得便宜了一些，敏子希望我能同意她的打算。我也大概理解敏子的想法。这段日子里，木村君几乎每隔三天就会到家里来，第二瓶库瓦西耶白兰地也已经喝光了。每一次，我都会晕倒在浴室里，敏子怕是已经爱憎至极，感到无可奈何了吧！深夜，父母的卧室里时常是白炽灯、荧光灯交相辉映，灯火通明。敏子一定会注意到，也一定会觉得不可思议。但是，敏子要另居别处的理由难道仅仅全在于此吗？除此之外，还有什么对我们秘而不宣的原因吗？这都不得而知，也无从说起。我回答敏子道：“你直接去问问你爸爸的意见吧。他如果同意，我是不会反对的……”

二月十四日

趁着妻子去厨房的空儿，木村说了个莫名其妙的事。他说：“美国有一种叫作拍立得的照相机。您可知道吗?”那种相机能即时成像，立拍立现。电视上有相扑比赛的实况转播，随后由解说员讲解招数，其间会展示制胜一招的静态相片。比赛刚结束，照片就已经冲洗好了，那就是用这种拍立得相机照出来的。相机的操作极简单，与普通相机并无不同，携带起来也方便。用闪光灯的话，曝光时间也不长，不用三脚架就能拍摄。这种相机尚未普及，目前也只是猎奇之士偶尔使用。胶片是用相纸叠合在普通四寸相片的胶卷上的，在日本不容易买到，要从美国订购。但木村的朋友有那种相机和胶片，还跟木村说："您若需要，可以借来。"经他这么一说，我马上就想到了一个主意。不过，我也意识到了木村似乎是在投我所好，知道告诉我那种相机的事儿会让我高兴。但是，他怎么能察觉出了我的心思呢？这让我感到颇为不可思议。我不得不承认，他对我们夫妇之间的秘密是十分清楚的……

二月十六日

刚刚，下午四点左右，发生了一件让我稍为在意的事情。我的日记本，一般都收在茶室壁橱的小收纳柜的一个抽屉里。除我之外，那个抽屉没人使用，也没有谁碰过。里面叠放着父母的书信之类的陈年旧物，日记本就塞在最底下。写日记也很小心，一般都是盯着丈夫出门的空当写。不过，有时会想趁着没忘抓紧记录下来，有时也会突然产生想写的冲动而又难以抑制。这种时候也等不及丈夫出门，就只好趁他在书斋里的时候写。书斋就在这间茶室的正上方，虽然听不清什么声音，但我还是留意着上面的动静，猜测丈夫在做什么。是读书，还是写东西，是在专注地写日记，还是在发呆，诸如此类的情形，我倒也能隐隐约约地推测出个大概。不过，我猜丈夫恐怕也是一样地留意着下边的动静吧。书斋里平常都是安安静静的，但有时候我会察觉到丈夫突然屏住了呼吸，想必是在聚精会神地注意楼下的茶室。又或者，会感觉到书斋在一瞬间变得特别安静。我一边竖起耳朵留意着二楼的声响，一边悄悄地取出日记本，开始动笔。然而，往往就是在这种时候，楼上那种异常的瞬间就会如约而来。这应该不是由于我的心理作用而产生的错觉。为了不发出声音，我不写在西洋纸上，而是挑选非常柔韧且又轻薄的雁皮纸，再以折页装订的方法制成小册子。而且，也刻意不用钢笔，而是使用毛笔，以小字书写。但是，就算是一向小心翼翼的我，刚才竟然也犯了麻痹大意的失误。由于写得太过入神，就在稍纵即逝的那么一两秒的瞬间里，我稍稍地松弛了一下紧绷着的神经，疏忽了对二楼的留意。结果，正巧就在那个时候，不知道是有意还是偶然，丈夫竟然悄无声息地下了楼，径直从茶室旁边走过，去了卫生间，完事后又立即上二楼去了。所谓的“悄无声息”可能是我的主观感受，丈夫可能只是去解手，此外别无用意。而且，丈夫或许也并非是蹑手蹑脚，而是一如平常地走下楼梯。只是碰巧因为我自己疏忽了注意，才听漏了本应听得到的声音。反正是直到丈夫下完了楼梯，我才察觉到脚步声。当时，我坐在餐桌前，敧着身子埋头写日记。甫一听到脚步声，便赶忙把日记本和便携砚台盒藏到桌子底下。（为了防备这种突发情况，我一直都不用砚台，而是使用便携式砚台盒。这个砚台盒是父亲的遗物，以檀木制成，像是来自中国的，想必颇有些作为古董的价值。）现场算是清理一空，别无一物了。但是，我又忽然想到自己在藏日记本的时候，慌乱之间把雁皮纸弄出了些声响来。那种纸所特有的轻细声响，应该是不会被他听到的吧？不，我觉得他一定是听到了。而且，我认为他也一定会凭着声音想到雁皮纸，然后甚至还可能会推测出我使用雁皮纸的目的。今后，我务必要慎之又慎了。一旦被丈夫嗅探到了日记本的所在，那又该如何是好呀？事到如今，必须要换个地方藏日记本。但在这个狭小的屋子里，无论藏在哪儿，都不可能不被发现呀！唯一的办法，就是只要丈夫在家，我就尽量避免外出。这段日子里，我总是忧心忡忡，不似以前那样频繁地外出，买东西也都让敏子或是女佣代劳。不过，这几天里木村君约我去看电影，说是朝日会馆在放映《红与黑》。我当然动了心，也自然是想去的。但是，必须要在去之前就想好一个对策……

二月十八日

昨夜，我听到妻子呼唤“木村君”，一共四次。现在看来，那个梦呓确凿无疑是假装的梦呓了。不过，她那样做的目的，究竟是什么呢？莫非她是在告诉我：“其实我并非真睡，只是佯作睡态而已。”那么，她的意思或许是“至少我不愿意把对象想成是你，而是希望想成木村君，否则就无法激起兴致。当然，这样做终究也还是为了你”。也可能是“说到底这也就是个手段，是为了让你嫉妒，给你刺激。无论在什么情况下，我都是忠贞于丈夫的妻子。除此之外，绝无别意”……

……敏子早有离家别居的想法，今天终于得以实行，搬去了冈田夫人家。她住的房间与主屋是分开的，与浴室之间以游廊相连，放置钢琴的地板下面铺垫砖石的工程也算是大体完工了，但电话还未安装。今天是“赤口[①]”，日子不吉利。昨天郁子说最好等到二十一日的“大安”，但敏子并不理会，执意要今天搬去。木村来帮忙，把东西基本上都搬过去了，只剩钢琴要晚两三天。（昨天后半夜，一切如故。今天早上，郁子还在昏睡之中，直到傍晚时分才起身，也就没能帮敏子搬家。）敏子租的地方在田中关田町，从这里走过去只要五六分钟。木村租的房子在俗称为“百万遍”的知恩寺附近，位于田中门前町，离关田町更近。帮忙搬家的时候，木村走上楼梯，提高声音说：“您现在方便吗?”然后进了书斋，说了句：“之前约定的东西，我带过来了。”放下拍立得就离开了。

二月十九日

敏子的心理状态，我无从把捉。她似乎爱着自己的母亲，但同时又心怀憎恨。不过，至少她对父亲一定是心怀憎恨的。她误解了父母的性爱关系，似乎认定了拥有与生俱来的淫荡体质的是父亲，而不是母亲。母亲生来纤弱，本就不堪于过度的房事，但父亲耽溺于颇为不可思议的、有悖常规的下流猥亵游戏，执拗地要母亲听其摆布。结果母亲虽不情愿，却也只能无奈地被动顺从。（说实话，我也是有意地诱导着她去那样想的。）昨天，她回家来取最后的行李，进了卧室跟我告别的时候，说：“妈妈会被爸爸害死的。”只扔下这么一句警告，她便转身离去。这是极其罕见的，因为她和我一样是沉默主义者。她似乎一直默默地在心里怀着担忧，害怕我的胸

① 日本历法中“六曜”的一种，指除正午外其余时间皆凶的日子。下文“大安”则为大吉之日。

肺疾患会因为那种事情而渐趋恶化，甚至怀疑会不会最终导致我病入膏肓。或许也正是因此，她才对父亲心怀憎恨。不过，我莫名其妙地感觉到，那句警告听起来似乎蕴含着恶意的狠毒和嘲讽，全然感受不到一个女儿因为关心母亲而发自内心的融融暖意。莫非，在她内心的最深底伏藏着一种自卑吧。自己明明比母亲年轻了二十岁，但若论容貌姿态的话，却远远不及母亲。她从一开始就在嘴上说自己厌恶木村君，内心里却对母亲—詹姆斯·斯图尔特—木村君这三者之间的关系怀有纷乱繁复的疑惑，便故意装出一副厌恶他的样子。实际上，她的本心会不会恰恰与之相反，并因此暗暗地对我抱有敌意呢？

……我尽可能地守在家里，但难保什么时候会因为什么事情而不得不出门，而且丈夫也未必就一定不会在本该上课的时间里突然回到家里来。我因此绞尽了脑汁，不知道究竟应该如何妥善地处理那本日记。假若任我怎么藏都徒然无用的话，那就必须得设计出一个方法来，起码要能确认一下丈夫到底会不会趁我不在家而去偷看其中的内容。如果他偷看了，我至少也要知道。我要在日记本上做好一个什么记号，以便凭着这个记号去判断丈夫到底有没有秘密地窥探里边的内容。这个记号最好要设置得非常巧妙，只有我懂，而不被他识破。不，或许要设计得能让他识破反而更好。他如果能意识到已经被妻子发现了自己偷看日记的事情，那以后或许就会有所顾忌了吧。（总觉着这样做有一种说不清道不明的怪异）但也只能如此吧。不过，要想出那样的一个记号，无论如何都并非易事。头一回或许会成功，但如果每次都用同一个方法的话，难保不会被他将计就计地算计回来。例如把牙签夹在某页某页之间，日记一旦打开，牙签便会掉落。即便头一回能奏效，第二回以后丈夫肯定就会采取对策，不把那根牙签弄掉，还要确定好是夹在了第几页，然后再原样不变地放回去。这绝非无来由的恶意揣度。（事实上丈夫着实阴险。）但话又说回来，若要每一次都设计出一个新方法来，那是近乎不可能的。思来想去，我决定试一下透明胶带，将带纹路的透明胶带剪下长度合适的一段（量了一下，是五十三毫米），在日记本外皮上选定某处，用那段胶带把封面和封底粘上封好。粘贴的位置离上边缘八十二毫米，离下边缘七十五毫米。不过，胶带的长度和粘贴的位置是有必要逐次作出微调的。这样一来，要偷看的话，势必先把胶带揭下来。一旦揭下来，还要重新剪一段同样长度的胶带，在同样的位置精确地贴好。理论上虽非绝无可能，但实际上非常繁琐又费功夫，其实是无法完成的。而且，揭掉胶带的时候，无论怎样小心，都必然会在周边的封皮纸面上残留下些许撕扯的痕迹。更何况，我这日记本的封皮是涂过胡粉浆的上好楮纸，一旦揭掉胶带，势必连带着把周围纸面也剥掉二三毫米。只要用上了这个方法，丈夫就绝对没有可能会不留丝毫痕迹地读到里边的内容了……

二月二十四日

敏子别居，木村也就没了来我家的借口。但他依然如故，隔三岔五地就会来一趟。我也会给他打电话。（敏子每天都会露个面，但也不会久留。）拍立得已经用了两晚。拍的是全裸的正面和背面，还有各个部分的细节图。我将她的四肢摆成各种姿态，横斜弯折，或屈或伸，拍摄角度也是极尽魅惑。那么，我拍摄这些照片的目的何在呢？第一个目的，是对拍摄本身兴味浓郁。自由摆弄熟睡着的（亦或许是装睡着的）女体，随心而为地弄出各种姿态，其中妙趣盎然。第二个目的，是要把这些相片贴在我的日记本里。如此，妻子就一定会看到这些相片。如此，她就会看到自己身上未曾被注意到的部分，一定会发现那姿态之美，更会因之而惊叹。第三个目的，唯其如此，她才会明白我究竟为什么会如此热切渴望，贪恋着欣赏她的美丽裸体。她会因此而心怀理解，会在心底与我共鸣——甚或会生出些许感激。（一个五十六岁的丈夫，竟然对四十五岁妻子的裸体怀抱如此憧憬。试一想之，岂非世间罕有？）第四个目的，如此正可对她极尽羞辱，看她到底能装聋作哑到几时。不过，这部照相机的镜头偏暗，又没有测距仪，只好靠目测拍摄，何况我是个生手，容易拍得失焦而发虚。而且，听说拍立得所用的胶片已经有感光度出色的产品问世，但在日本据说还是一片难求的。木村带来的是过期了的旧胶片，根本不可能拍出好的效果。每拍一张照片，都要用一下闪光灯，十分不便。其实，用这部相机，我也只不过是能勉强地满足一下第一个和第四个目的而已，至于贴在日记上的打算，现在也只能视情形而定了……

二月二十七日

星期日早上，才九点半木村君就跑到家里来，问我要不要去看《红与黑》。这个时候，备战高考的学生们忙得焦头烂额，教师们也忙得不可开交。要到三月份之后才会有点闲暇，而这个月里最是繁忙。木村君自然也不例外，一周里有好几次都要留校加班，给备考学生上辅导课。即便是回到了住处，也常常会有本校以外的学生慕名而来，请求指导。木村君直觉灵敏，押题很准，因而俨然名人，据说凡是木村君认为重要的地方就一定会考。对于他的直觉的灵敏程度，我倒也稍有领会。论学问的话，我是不懂。若说直觉，我那个丈夫恐怕连木村君脚底的高度都难以企及……如此说来，这个月里最为悠闲的日子只有星期日了。但是，星期日正是我不能外出的日子，因为丈夫从一早上开始就会待在家里。木村君在来的路上还招呼了敏子，所以她随后也来了。敏子也是来邀我的，不过脸上的表情仿佛是在说："我其实是不想和你们一起去的，只是考虑到如果就你们两个人的话或许不好，所以才为了妈妈牺牲自己，只好也跟着去吧。"木村君开口催道："星期日啊，要是不赶早去的话，就没有位子啦！"丈夫也在一旁频频插嘴劝我："我一整天都在家的。尽可放心，只管去吧。《红与黑》，不是一直都说想看的嘛！"丈夫的心思，我是清楚的。不过，这种情况早在预料之中，也已做好了防备，所以就决定三个人一同出门。十点半入场，下午一点多退场。我提议午饭来家里吃，但他们两个人都回去了。我就自己回了家。丈夫原本说是一天都在家，却在三点左右就散步去了，直到傍晚都没回来。趁着丈夫不在家，我赶忙把日记拿出来查看。透明胶带大体上还贴在原来的位置上，封皮看上去也没有撕痕。但是，我用放大镜一看，竟然发现了三两处极为隐蔽的细微撕痕（想必揭开的时候是非常小心的）。不过，我可是设置了双重机关的。胶带以外，还数好了页数夹进了一根小牙签。查看一下，果然发现位置已经与原来不同了。现在看来，丈夫毫无疑问是偷看了这本日记的。

那么，我今后应该继续写日记，还是应该就此中止呢？我之所以开始写日记，就是因为不愿向别人吐露心声，而是只想把心里话说给自己听。但现在，日记是明确无疑地已经被别人读了的。既然如此，自然应该就此中止。可这个别人却是自己的丈夫，而且我俩在表面上无论如何也不会向对方挑明，所以还是应该保持现状，继续写下去吧。权当作是一个秘密的渠道，今后就可以用这种方法间接地对丈夫说话。有的事羞于直接开口，倒是可以用这个方法讲出。但愿丈夫只是秘而不宣地去读，千万别把读日记的事儿露骨地挑明。不过，或许也没有必要去特意提醒，因为我知道丈夫的为人，就算是读了也会做出一副没读的样子。还有，丈夫如何姑且不管，但我希望他一定要相信，作为妻子的我绝对没有读丈夫的日记。丈夫比谁都清楚，我从小在极为传统的旧式教育中长大，绝非那种会私自偷看他人手札的女人。我知道丈夫日记本的所在，有时也用手碰了一下，而且在极为稀少的情况下也曾打开来瞅了一眼，但里面的文字绝对连一个字都没有读过。这是千真万确的……

二月二十七日

果然如我所料，妻子一直在写日记。关于此事，直到今天我都有意地没写在日记里，但实际上数日之前就已经隐隐约约地有所察觉了。几天前的一个下午，我下楼去卫生间，经过茶室，透过玻璃窗向内窥视，发现妻子在餐桌前斜倚而坐。其实，稍前我便听见了一点动静，是急忙收拾雁皮纸之类纸张的声音，而且在慌乱之下，动作更近乎揉捏，沙沙有声。听声音，也不是一张两张而已，大概是装订成册的厚厚一叠。我猜妻子应该是在情急之中，慌忙塞进坐垫下边或是什么地方藏了起来。我家里几乎不用雁皮纸。那种纸不大，又轻韧无声。妻子使用它的目的，我一猜即中，但尚未得到确证。正巧今日她外出看电影，我趁机在茶室里搜查一番，结果不费吹灰之力便探得了所在。然而，令我甚为惊讶的是日记本竟然是用透明胶带封着的。想必她早已料到，此物定会为我嗅探寻得。不过，这女人的所为简直是愚蠢至极，她的疑心之重也真是让人无语。我绝非那种卑劣小人，即便是自己女人的日记，也绝对不会私自偷看。但是，一时间邪念骤起，倒想要试一试能不能巧妙地剥下胶带而不留丝毫痕迹。我就是要警示她一下："用胶带是不行的哟！这种小伎俩难得住谁呢！纵是被我偷看了，你都毫不知情呢！再想个别的办法吧！"结果，我失败了。她的计划竟然如此细密，着实令我折服。我原本怀着万分小心剥离胶带，却还是在封皮上留下了一点撕痕。我知道若要剥下而不为她察觉，是断无可能的。胶带的尺寸，想必她也一定是测量过了的。可恨我在无意间把胶带捏成了团儿，竟至于现在无从测量了。无奈之下，只好通过目测剪了一段尺寸大致相同的胶带，重新封好。她绝无可能察觉不到。但是，我要在此郑重声明：我虽然启了封——也翻开来看了一下——但是，文字我只字未读。那种小字，真是让我这双近视眼望而兴叹。这一点，务请相信。不过，以她的性情而言，我越是坚称没读，她就越是会坚信"读了"。纵然不读，也会被认为是读了。与其这样，倒不如索性就读了吧。但即便如此，我也决然不读。其实，我是深怀着恐惧而不敢去读，生怕知道她在日记里是如何对木村表白心迹的。郁子哟！可千万不要把那个写在日记里呀！纵然我不会偷看那本日记，也千万不要写下心底的真情！哪怕是谎言，我也希望你只是把木村作为兴奋剂来利用而已，除此之外，再无其他……

今早，木村来邀请郁子去看电影。这是因为我事先拜托了他。我对他说：“这段日子里，我在家的时候，妻子很少出门，事情也都叫女佣去办，似有不妥，所以我想请你带她出去，过两三个小时再回来。”敏子也跟着去了。这倒是一如往常，但她的心思着实让我费解。敏子的心思很深很复杂，像她母亲，甚或更有过之。也许，她怀着些不满和委屈，郁结于心。因为她觉得世间的父亲大都应该更爱自己的女儿，而我却更为狂热地爱着她的母亲。若果如此，那她可就错了。我爱她们，同样深厚。只不过，爱的方式全然不同罢了。普天下的父亲，绝对没有哪个会痴狂地爱自己的女儿。关于这一点，我还是要找个时机向她说明一下……今夜，我们四个人共进晚餐。这是敏子别居以来的第一次。敏子先行离去，妻子喝了白兰地，之后又一如旧例。夜深之后，木村准备离开。我把拍立得还给他，说：“这个相机无需冲印，省却了麻烦，的确是个优点，不过要用闪光灯，却有点费事儿。还是普通相机用着更得手。家里有部蔡司伊康相机，我想用来试试。”木村听了，随即问道：“那，相片您是去外边冲洗吗?”其实，我已经反复琢磨过这个问题，便开口说：“想让你帮忙，在你自己家里冲洗。你不会不愿意帮忙吧?”木村面露难色，说：“在您家里冲洗如何呢?”我又问道：“你应该知道我拍的是什么照片吧?”他回说：“不太清楚。”我告诉他：“照片是不能让人看的，我不便在家里冲洗。我还想放大，但家里没有适合用作暗室的地方。你现在的住处不能用作暗室吗？唯独是你，看了倒也无妨。”听我这样说，木村答道：“地方倒也不是没有，我和房东商量一下看看吧……”

二月二十八日

早上八点，妻子尚在昏睡之中，木村就来了。说是去学校途中顺便过来的。当时，我也还没起床，听见他的声音，便起身下楼，进了茶室。见了我，他马上就说：“先生。OK 啦！”我稍一迟疑，随即明白过来他指的是暗室。他告诉我，他那儿的浴缸还没安装好，洗澡间空闲着，正好能加以利用，而且有自来水，用起来很方便。于是，我便拜托他尽快着手准备……

三月三日

……木村忙于实验。比我还热心……昨天夜里，我找出闲置日久的伊康相机，一个晚上把一卷三十六张的胶卷都拍完了。木村今天又若无其事地来了，进了书斋，观察着我的脸色，问道：“那样好吗？”

说真话，直到那时我还犹疑不决，拿不准是否可以委托木村冲洗照片。郁子裸身的姿态，他已经见过多次了。若要委托外人，除他之外，别无更好的人选。不过，他虽说是见过，也只是对一些部位隐隐约约地粗略一览罢了，向来就没能从各种各样的角度去细致入微地观赏那些极尽魅惑的姿势。委托于他，岂不是给了他一个巨大的刺激吗？如果他能止步于界限当然是好，但也终究难免越界之虞吧？一旦事发，始作俑者并非他人，而是我自己。罪责全归于我，他则没有责任。而且，妻子的反应也必须考虑。首先，若是得知丈夫在自己完全不知情的时候拍下了那样的照片，而且竟然委托给外人冲洗，那她必定勃然大怒——或者是，佯作大怒。其次，既然自己的一副羞态全被木村一览无余——而且还是丈夫一手安排的，那么，她甚至可能会认定丈夫是在默许自己与木村发生不义之事。臆想及此，一股难以压抑的嫉妒骤然勃发，难以言喻的快感也随之袭来。嫉妒的快感鼓动着我越来越想要冒险一试。我打定了主意，对木村说道："胶片的显影就拜托你了。切记绝不能给任何人看，一切都要你自己亲手来做。显影之后，你大概看一下，从中挑选几张有趣的，放大冲印成四英寸相片。"此刻的木村，必然是内心充满了无限的兴奋，却努力摆出面无表情的样子，木然地"哦"了一声，领命而去……

三月七日

今天，钥匙又掉落在书斋里的书架前面。这是今年以来的第二次，之前是正月初四的早上。丈夫不在的时候，我进去打扫卫生，谁知却看见一把钥匙，就掉在那个插着一支水仙的小花瓶前。今晨，我见花瓶里的腊梅已经枯萎，便要换上一支侘助山茶花。没想到却看见了那把钥匙，掉落在和上次相同的地方。我估计其中必有缘故，便打开抽屉，把丈夫的日记本取了出来，结果发现竟然是和我一样地用胶带封上了。这是丈夫故意正话反说，意思是"务必要打开看看"。丈夫的日记本就是学生平常用的笔记本，封皮是光滑的厚质西洋纸，看起来应该比我的更容易揭下胶带。不过，我的心底还是生出了一股好奇心，迫切地想要试一试自己究竟能不能把这个胶带巧妙地揭下来而不留丝毫的痕迹。纯粹地出于好奇心的驱使，我试着去揭开胶带。我屏气凝神，指尖动作也很精巧，即便如此还是留下了一点点极其细微的痕迹。就算是这种滑溜溜的硬纸，也难免会弄出点撕痕的。如果仅仅是粘贴胶带的地方留下印迹的话也还好办，但糟糕的是被胶带粘连着牵扯出来的撕痕竟向着周围的纸面延伸。这样一来，显而易见是有人打开了，无论如何都无从掩盖。我换了胶带重新贴好，但丈夫也自然会有所察觉，而且必定会认为我偷看了里面的内容。不过，我已经反复说过，这次也向神明发过誓，里面的内容连一个字也未曾读过。丈夫知道我厌恶听到猥亵之语，所以要假借那种方式向我一吐为快。我猜得出，他的本意或许正在于此。正因如此，我反而厌恶去读，甚至还觉得污秽不堪。我把丈夫的日记本快速地翻了一下，目的是测算一下厚度，估计一下到底写了多少。当然了，这也是好奇心在作祟。我用眼睛快速地扫了一下，丈夫写下的钢笔字线条极细，流露着神经质的气质，急切而焦躁地奔跑在页面上，看上去简直就是蚂蚁在忙乱地爬来爬去。我瞥到了这些，就连忙合上了日记。然而，今天我注意到了纸面上贴着几张画面猥亵的照片。我慌忙地紧闭双眼，比往常要迅速很多地合上了日记。那究竟是什么啊？那种照片是从哪里拿来的，又是怀着什么目的贴了上去呢？……莫非目的就是给我看吗？那个照片上的人物究竟是谁呢？突然间，我的脑海里浮现出了某种令人极度生厌的印象。这一段日子里有那么一两次，深夜里，我在睡梦之中感觉到屋子里时不时地就突然闪过一道亮光。恍惚之间，似乎是有谁开着相机闪光灯在拍摄我。当时，我还以为自己看到的是幻象。那个“谁”，感觉像是丈夫，又似乎是木村君。然而，于今来看，那或许不是梦，也并非幻象。事实上，可能就是在拍摄我。而那个“谁”，肯定就是我的丈夫，要不然，难道还能是木村君吗？如此说来，我倒是记起了丈夫曾经这样说道：“你还不知道你自己的身体有多么精美、多么美妙！真想要拍成写真，给你看看。”可以肯定，那照片里拍的一定就是我……

……我时常在昏睡之中隐约地感觉到，自己被脱了个精光。直到现在，我都以为那是自己的凭空臆想。然而，假若那照片中的人物果真是我，那就必然是事实无疑了。但是，我并不会对此表示异议。如果在自己清醒的时候，自然是不便允许的；但若在全然不知的情况下，纵是允许倒也未尝不可。在我看来，那无非是个猥亵下流的趣味。但既然丈夫喜欢看我的裸体，那么我作为事夫以忠的妻子至少也应尽到本分，至于在不知情中被脱光的事也理应忍耐。这是封建时代的妇道，是淑贞忠顺的妻德。妻子服从丈夫之命，所以无论怎样心怀顾忌，无论多么下流猥琐，只要是丈夫之命，也要主动顺从，而且也不得不顺从。更何况，我的丈夫如果不利用这种近乎痴狂的游戏去刺激自己，就无法让我得到满足。既是如此，那又何怨之有呢！而且，我不仅仅是在履行义务，也是在获取应得的补偿。我是一个淑贞柔顺的妻子，但在同时，我也想要让自己无限旺盛的欲望得到充分的满足。可是，丈夫既然把我脱了个精光，又尽情地赏玩了我的裸体，为什么还不能满足，还要把我的裸体拍成照片呢？他的目的恐怕就是要给我看，所以才会冲洗放大，又贴在了日记里。丈夫对我的内心世界洞若观火，清楚地知道我的一颗心里如影随形地共存着极度的淫乱与极度的羞涩。还有，丈夫委托了谁去冲洗相片呢？竟然把那样的东西拿给别人看，这样的所作所为究竟又有何必要呢？是仅仅对我耍了一个单纯的恶作剧，还是另有深意呢？丈夫对我的“高雅情致”一直都是冷嘲热讽的，似乎耿耿于怀。莫非是他的意图正在于此，是要矫正我那了然无趣的羞涩个性吗？……

三月十日

这种事情，不知道写在这里是好是坏，也不知道妻子读后又会如何。但说实话，近来我觉察到自己的身心似乎发生了某种异样的变化。说“似乎”，是因为我觉得无非是神经衰弱之类的小毛病罢了，实际上并无大碍。本来，我在那方面的精力丝毫也不逊于常人。但进入中年以后，因为要应付妻子那旺盛而无度的欲求，精力早已消耗殆尽。事到如今，我的欲望衰微已极。不，应该说欲望还是有的，而且很强烈，但是心有余而力不足。无奈之下，我千方百计地刺激情欲，甚至采取了非常规的手段，勉强应付妻子那强盛绝伦、近乎病态的性欲。但我自己也不清楚这样的境况到底能维持到哪一天，不由得忧心忡忡。在以前，也就这十来年间，面对妻子的攻势，我一直都是个不争气的男人，往往因为体力不支而招架不住。不过，最近的我和之前相比，简直判若两人。今年，我猛然间意识到可以利用木村这一有效的兴奋剂，而且还发现了白兰地这种回春妙药。幸亏如此，现在的我又能肆意驱驰那令人惊异的旺盛欲望了。不仅如此，为了补给亏空的精力，我还去找了相马博士，拜托他给我每月服用一次长效雄性荷尔蒙。即便这样，我还是感觉不够劲儿，又每隔三四天注射五百个单位的脑垂体前叶荷尔蒙（当然，这个是我瞒着相马博士私自注射的）。不过，我自己这股子罕见的旺盛精力，倒也未必真是仰仗着药物的作用，实际上更主要的力量之源莫不如说是精神的亢奋。嫉妒酝酿出了炽烈的情欲，能够尽情尽兴地赏玩妻子全裸的身体又加速催化和放大了性的冲动。那种冲动牵引着我走向亢奋，奔向癫狂，欲罢而不能。乃至于今，我的淫荡反而远远地超过了妻子。我夜复一夜地沉浸其中，沉浸在那梦寐以求的无上法悦之境。那种幸福是无法言表、无以为谢的，甚至是令人忧惧的，因为这样的幸福不可能无限地延续下去，总有一天会迎来报复的时刻。我甚至有一种预感，仿佛自己无时无刻不在消减着自己的生命。不，不是预感，而是实感。我已经清清楚楚地感觉到，现在已经出现了那个报复的前奏。无论是精神还是肉体，都切切实实地发生了一些异常，而且不是仅仅三两次的偶然现象。前几天，也就是上周一早上，木村去学校的途中，顺便来到我家。我起了床，要去茶室。就在当时，奇怪的事情发生了。起身时，我发现眼前的一切，例如火炉的烟囱、拉门、壁橱门、柱子等等，这些物体的线条都隐约有了重影。莫不是我年老眼花了？我使劲儿地揉了揉眼睛再定睛观看，又觉得似乎并非那样。我猜很可能是视觉器官发生了什么异常的变化。我在夏天的时候，时常会因为脑部供血不足而产生轻微的眩晕，但这次明显不同。眩晕的话，大概三两分钟也就恢复如常了，但重影一直没有消失。拉门的边框、卫生间浴室的瓷砖接缝线，这些都有重影，而且还一点一点地扭曲变形。重影的程度和扭曲的幅度都极细微，还不至于影响到平常的生活，也不会让人发觉到异样，所以我就一直没去理会。从那天到现在，那种状态一直都持续未消。虽说并无不便，也没有丝毫苦痛，但心里那种莫可名状的别扭是无法否定的。我本来也想着去眼科检查一下，却又觉得可能并不仅仅是眼睛出了问题，病源应该是在更为致命的地方。我隐隐地怀着恐惧，不敢去医院。而且，可能也是精神作用的原因，我时不时地会突发眩晕，一下子失去了平衡似的，身体或是向右或是向左地倾斜，几乎要一头栽倒。我不知道控制平衡感的神经分布在哪里，但总是觉得后脑部仿佛是凭空地漏了一个洞，就位于脊髓的正上方。我的身体就是以这个洞为中心，向一侧倾斜。如果把这看作是神经官能性现象倒也并无不可，但昨天又发生了一件不可思议的事情。下午三点左右，我想给木村打个电话，却无论如何都想不起来那个经常拨打的号码。当然，我偶尔也会健忘，但这次显然不是那种忘法，而是陷入了类似于记忆丧失的状态。就连号码前几位的局号、局名都想不起来了。我顿觉惊惧，而且恐慌。我试着去想学校的校名，但徒劳无功。最让我自己大为震惊的是，任凭我怎么努力都想不起木村的全名，家里女佣的名字，一样也是忘得一干二净。我的妻子名叫郁子，女儿名叫敏子，这倒是没有忘记。不过，已经去世的岳父岳母的名字没了丝毫印象。敏子房东家的姓也毫无头绪，只知道她是一个法国女人，有个日本丈夫，是同志社的法语教师，名字却浑然忘却了。更有甚者，虽然我还知道自己的家是在左京区，但街道名——吉田牛宫町——就挂在嘴边，却说不上来。我的内心遭到了巨大不安的袭击。如果这种状态持续下去，而且程度渐次升高的话，恐怕不用多久我就无法履行大学教授的职事了。不仅如此，我甚至都不能单独外出，不能待人接物，结果成为一个彻头彻尾的废人。但就目前的情况来看，虽说是记忆丧失，主要是想不起人名、地名，别的事情并没有忘记。虽然那个法兰西人的名字是想不起来了，但我还知道有那么一个法兰西人，知道敏子租住在她家。如此说来，是大脑中负责传导人、物名称的神经发生了麻痹，并不是掌管知觉和传导功能的神经组织全部麻痹了。而且，所幸自己处于麻痹状态的时间只不过二三十分钟而已，被阻断的神经传导很快就恢复了，丧失了的记忆也回来了，一切又变得一如平常。那段时间里，我不知道这种状况到底会延续到什么时候，就一直默默地承受着、压抑着那份不安，也不对任何人说，也没被任何人发觉——那次之后，并未复发，但那份不安却从未消散，我担心那种状态不知何时会突然地再次袭来——而且，一旦那种状态卷土重来，恐怕就不再是区区的二三十分钟了，或许是一天两天，也可能是一年两年，甚至是一生也未可知。这种不安盘踞在心头，至今也未曾消逝。妻子若是读到此处，会如何看待呢？会不会因为要顾虑我的将来，而对今后的行为稍加几分收敛呢？照我的推测来看，恐怕还不至于那样。即便是她的理性发出节制的指令，那欲壑难填的肉体大概也会对理性置若罔闻，会贪婪无度地追求满足直到把我榨干抽空。也许她会这样想："这是说了些什么呢？我原以为丈夫近来体力尚佳，可谁知到底还是不堪抵挡，要缴械投降了。这不就是说些吓唬人的话，好让我放缓攻势嘛！"不！比这更严重的，比什么都更严重的，是我现在已经无法节制我自己了。对于疾病，我原本就不敢掉以轻心，甚至可以说是相当谨小慎微的。但是，活到五十六岁的今天，我才第一次发现了生存的意义。在某种意义上，我的积极、我的冒进，要胜过于她……

三月十四日

上午，丈夫不在家的时候，敏子来了。

“我有话对你说。”她板着一张脸严肃地说道。我问她有什么事，她说：“昨天我在木村家看到你的照片了。”她一边说着，一边久久地凝视着我的眼睛，似乎想从我的眼神中看出些什么端倪来。

“你到底想说什么？”我反问道。

“妈妈，你就告诉我实话吧，我永远都是站在你这边的。”

她告诉我，昨天因为说好了去木村家借法语书，她便顺道去了他家。木村君不在家，他让她自己去取，她把书从书架上抽出来的时候，竟发现里面夹着几张四寸照片。

“妈妈，这到底是怎么一回事啊？”

“我不明白你在说什么。”我说。

“为什么要瞒着我？”

我猜她口中说的照片，是前几日在丈夫日记本里贴着的那些。可以想见，里面的我有多么轻浮。但是，我该如何向敏子解释呢？我张了张嘴，又颓然闭上了。在她心里，想必早已给这件事烙上了更为恶劣的标签吧，此时的她恐怕已经预料到了一场汹涌的暗潮正在悄然酝酿。这时候的敏子，内心里大概会断定我与木村之间有着不正当的关系。为了丈夫，为了木村，也为了自己，我应该直截了当地说明这一切。然而，就算我把事情原原本本地说出来，敏子就一定能坦然接受吗？我略一思考，沉声道：“今天你来质问的这一切，连我自己也很难确切地给你一个答复，也许你不相信，这些令人不齿的照片，我也是刚刚从你这儿知晓的。如果确有其事，那也是你爸爸趁我昏睡的时候亲自拍的，木村君应该只不过是受你爸爸所托负责冲洗而已。除此之外，我和他之间再无交集。至于你爸爸为什么让我昏睡过去，为什么又要拍摄那种照片，为什么自己不洗却要让木村去洗，这我也不得而知，只好随你想象了。今天，我在自己的女儿面前坦承这一切，诚然是太过于痛苦的事情。你也就不要再追问下去了吧。”我稍顿了一下，接着说：“但有一点，这一切完全是依着你爸爸的意思来做的。对你父亲，我从头至尾都是忠诚如一的，这是作为妻子的责任。我心里尽管也是万般不愿，但也只有照做。这一点请你务必相信。我知道你或许无法理解这一切，但妈妈一直以来就被灌输着旧式的道德观，别无他法，只能这样做。但凡是他喜欢的，就算是赤裸着身体，我也会强迫自己忍受羞耻站在镜头之下。更何况这并非假手他人，而是你爸爸自己拍的。”

“你、你说的都是真的?”敏子呆住了。

“是真的。”

“你真是令我厌恶!”敏子鄙夷地说。

我觉得让敏子生气是件很有意思的事，所以刚刚说的时候多多少少有点夸张。

“妈妈是贞妇的典范!”敏子冷笑着，面露不甘之意。

敏子实在无法理解她的爸爸怎么能让木村去冲洗这种照片，更不能明白她的爸爸在把那些照片交给木村的时候，究竟是抱着一种什么样的心情。她只是不住地控诉他，指责他毫无道理地折辱妈妈，毫无道理地让木村痛苦。

“这件事情你就不要管了，”我说，“你说你爸爸侮辱了我，但他真的侮辱了我吗？我并不是这样认为的。年华逝去，他依然热烈地爱慕着我，爱慕着我年轻美好的身体，并且迫切地想让其他男人去见证它。是的，这份感情多少是有些病态的，但我能理解。”我觉得有必要维护我的丈夫，所以竟然把本应是难以启齿的事情说得头头是道。希望偷看我日记的丈夫读到这里能够体察我的一番苦心。

“但他真的仅仅就是这样吗？他明明知道这么做会让木村君瞧不起妈妈，还坚持去做，可见他的用心是多么险恶！”敏子说。

我无言以对。敏子说木村君把那张照片放在那本书里夹着，这件事本身就非常可疑。她说：“木村一定是有意的。”她并不认为木村是不小心放进去的，这其中一定有什么鬼，他想让她在整件事中起到某种作用。接着，敏子还谈了谈她对木村的一些看法。不过，为了丈夫，在这里还是不说了吧。

三月十八日

今天去了佐佐木的归国接风宴，回到家已经十点多了。妻子不在家，听说是傍晚时候出的门。我推测她多半可能是去看电影了，就在书斋里写日记，可过了十一点，也还没见妻子回来。

十一点半，敏子打来电话，说：“爸爸过来一下吧。”

我问：“哪儿？”

她说：“关田町呀。”

我问：“妈妈呢？”

她说：“在这儿。”

我说：“已经很晚了，让妈妈回来吧。女佣现在回去了，家里就我一个人。”

话音未落，敏子在电话那边压低着声音说：“妈妈在关田町的浴室里晕倒了呀，叫儿玉医生来好吗？”

我问：“那里，都有谁和谁？”

她回道：“三个人啊。”接着又说，“以后再解释吧。我想还是赶紧打一针吧。爸爸来不了的话，我就请儿玉医生来。”

我说：“不用叫儿玉。我去打针。你来这边看家。”——这段时间，我一直没有断过给她注射强心剂，所以没等敏子过来，就出了门。（此刻，一股恐惧倏然掠过脑海。我担心几天前的那种记忆丧失会再次袭来。）我知道敏子在关田町住处的位置，但院子里边还是第一次进去。敏子站在大门口，进了院子后就直接把我带到独立的那个房间，说了句“那我去看家，就留在那边吧”，然后就出门去了。木村见了我，说道：“让您担心了。”我没有向木村要求任何解释，木村对此也只字未提。双方似乎都不好开口，便赶忙准备注射。钢琴前面的榻榻米上铺好了被褥，妻子静静地躺在上面。旁边的食案上杯盘狼藉。枕后的墙壁上，有饰以绢花丝带的衣挂钩，应该是敏子挂洋服用的。妻子的外衣挂在上面，身上仅着一件长襦绊[①]。妻子虽然韶华半逝，衣着上却颇好华美，那件长襦绊尤为绚丽。那种绚丽，在这颇不寻常的时间，在这耐人寻味的地方，更是显出异样的妖冶。我把了把脉，脉搏和往常这种情况一样。木村只说了一句：“是我和您女儿两人一起把夫人扶到这儿的。”我看身体是大略擦过了的，但全身上下都还有些湿漉漉的。沾湿了的长襦紧贴着肉体，衣带也没有系上。头发是解开了的，散乱在肩胛、胸

① 衬穿在和服里面的长款中衣。

前，濡湿了衣襟。之前妻子晕倒在自家浴室的时候，头发都是束着的，从未如眼前这样解开着。这一点倒有些不寻常，我猜大概是木村的癖好。木村对这里的情况似乎十分熟悉，从浴室里拿来脸盆什么的，又去烧热水，帮我给注射器消毒，忙来忙去，十分地娴熟麻利……大概过了一个小时，我开了口，说："让她在这儿睡的话，似乎不妥。"木村说："房东睡得早，这边的情况她应该是一无所知的。"我看脉象几乎已经平稳了，便决定带她回去，让木村叫了辆汽车过来。木村说："到汽车那儿，我背着去吧。"说着，俯下身，亮出了后背。妻子的身上只一件中衣。我就那样把她抱起来，直接放在木村的背上，然后取下和服、披风，罩在她的身上。我们横穿过院子，出了门，来到汽车旁。来的是一辆租金六十元的小型车。我俩一起把妻子放进车里，然后木村就去前面坐了。白兰地的香气浸润了中衣，沾染着衣裳，在车内氤氲荡漾。我横抱着妻子坐下，把自己的脸埋进了那冰凉的头发里，又紧紧地握住了她的脚，深深一吻（木村应该是看不见的，但也许会有所察觉）。木村帮着我把妻子送到卧室，然后对我说："先生，今晚的事，请您一定要相信我。所有这一切，小姐都是知情的。"他又说了句："我就先回去了吧。"我便应了声"嗯"。木村一走，我忽地想起自己是让敏子过来看家了的，便往茶室、她的房间去寻，结果都没有看到她的踪影。回想方才，我们把郁子抱下车的时候，似乎影影绰绰地看到门口有人影徘徊。现在看来，那应该就是敏子。她避开了我们，默默地回关田町去了。先不去管那个了。我即刻上楼，进了书斋，紧忙摊开日记，把今晚的事情记录下来。我一边写，一边在心里设想着即将到来的几个小时，臆想着种种体验，沉浸在无边无际的快乐之中……

三月十九日

直到拂晓，我都未曾小睡片刻。昨天夜里的事突如其来，不知道究竟意味着什么。我费尽百思而不得其解，却感受到了近乎恐怖的乐趣。我直到现在都没有听到任何的解释。木村也没有说，敏子也没有说，妻子也没有说，我也没有机会问。当然，我还不想早早地就去问。在有机会问个究竟之前，我还要自己一个人细细地品味，独自享受臆想的乐趣。臆想全由自己，眼前幻象联翩。这，应该是这么回事儿吧。不，不是那样，而是这样的。我想象着各种各样的情景，任由嫉妒蔓延，任由愤怒升腾。果然，在这样的情绪的冲突激荡中，无垠的旺盛淫欲发酵起来，迅速膨胀。一旦真相大白，那种快感也定然会消散。天明时分，妻子又开始了那个梦呓。“木村君……”次数较之以往更为频繁，时而高亢，时而低吟，声音方消却又起，似断而再续，反反复复，未绝于耳。就在那声声呓语若断又续之间，我勃然而起……一瞬间，那炽烈的嫉妒、那升腾的愤怒，都烟消云散了。妻子是还在昏睡，抑或是已经醒转了，还是在佯作睡态呢？这些全都不是什么问题了。甚至我已经无法清楚地意识自己是谁。我，是我呢，是木村呢？……那一时刻里，我在恍惚之间超然进入了四维世界，顷刻飞升向极高极高之处，仿佛扶摇直上而飘然于忉利天[①]之天顶。过往一切皆为幻影，唯独此处才有真实的存在。这里，只有我们，我和妻子，相拥而立……或许，我现在已经死了，但我真切地感到：一刹那，即是永远……

---

① 佛教世界观中欲界天的第二层天。

三月十九日

我想还是应该把昨晚的事详细地记录下来。我知道丈夫要很晚才会回来，就事先告诉他说："我们可能会去看电影。"

木村四点半左右就来了，敏子却直到五点多才到。

我说："你也太晚了吧。"

敏子随声应道："时间还早着呢。咱们还是先吃了饭再去吧。妈妈，今天我请客，到关田町去吃吧，还没在我那儿好好地待过一会儿呢！"敏子手里拎着鸡肉、蔬菜、豆腐，说："你看！上等的鸡肉，我可买了大半斤呢！"她带着木村和我往外走，又一手抓起一瓶白兰地，"这个我拿走啦！"酒是库瓦西耶白兰地，看样子还有大半瓶。

我说："酒还是不要拿了吧。你爸爸又不在。"

她回我道："没有这个怎么行呢？那岂不辜负了这美味佳肴！"

我说："也不用什么美味佳肴呀。不是要去看电影嘛，简单吃点儿不就行了？"

敏子坚持道："吃火锅其实很简单呢！"

她在钢琴前面，把两个小桌并在一起，放好瓦斯炉（锅和瓦斯炉都是敏子事先就从房东那儿借来的），摆上了菜肴。我这才发现她的准备是如此丰盛，种类也多，分量也大。葱、豆腐、魔芋结自不用说，面筋、豆皮、百合根、白菜等等也不一而足。不过，敏子并没有把那些菜一股脑儿地都端上来，而是时不时地、一点一点地添。一份儿吃完了，再续上。少了，再添上。鸡肉好像也不止大半斤。吃得兴起，自然也就喝起了白兰地。

“小姐也喝了白兰地，这可真是难得一见啊！”木村说着，也不觉多喝了几杯。

敏子估摸着时间，说：“电影怕是已经晚了呀！”

我也喝了不少，电影怕是看不成了。虽说如此，但我感觉自己没有太过量。我一直都很注意，避免酒醉失态，所以会刻意打起精神来，克制醉意。从一开始，我就多了一份儿警惕，暗自提防着别被敏子灌醉了。不过，提防的另一面，也怀着些许期待、些许希望。我不清楚木村和敏子之间是不是事先就已经商量好了，但也不便去问，索性就不问了。木村的酒量近来大长。“先生不在，这样喝酒好吗?”嘴里那样说着，他却还是端着酒杯，和我碰杯对饮。他似乎稍觉不妥，但我却不以为然。我觉得，在丈夫外出的时候，和木村喝酒这样的事儿，并不能算是违背了丈夫的意志。因为我比谁都清楚，激起他的嫉妒，就是让他幸福。不过，话又说回来，刺激丈夫并不能说是我的唯一目的。我的心底，还藏着别的用意。这般想着，不知不觉间就又多喝了几杯。另外，还有一件要澄清的事。我还没有对木村产生爱恋之情，但确实是怀有好感的。要说爱恋，也并非完全没有可能。若是有意，这种情愫马上就会油然而生。而且，若是为了刺激丈夫的嫉妒，似乎也应该如此。不过，我原本并没有喜欢木村，就没有将那份情愫拨弄起来。况且，我给自己划了一条明确而严苛的界限，恪守至今，从未逾越。然而，我隐隐地预感到，自己今后或许会越界也未可知。我希望我的丈夫，不要太过于信任我的忠贞。从今而后，我的自信也将磨灭殆尽。我知道自己为了迎合丈夫的欲望，已经走近了危险境地的边缘，或将不堪忍受而一溃千里……我的心底暗暗地涌动着一股好奇，想亲眼看一看那个裸体。那个男人的裸体出现在我亦真亦幻的梦境中，像是木村，却是丈夫，看似丈夫，却又是木村。我从心底生出一股欲念，希望能在不受丈夫干扰的时候，在真切的现实中亲眼目睹那个裸体。突然，酒劲儿上头，我赶紧躲进了卫生间。耳边，听得敏子在门口跟我说："妈妈。洗澡水还热着呢。房东太太已经泡完了，妈妈泡个热水澡吧！"那时，我的神志已经不甚清醒了，但还在朦胧的意识的一个角落里打着一个小小的算盘，如果自己在浴缸里晕倒的话，那么把我抱起来的人应该不是敏子，而是木村。我隐约知道敏子一而再再而三地来跟我说："妈妈。泡个热水澡吧！"过了稍许，我一个人晕乎乎地找到了浴室，拉开玻璃拉门，褪掉身上的衣服。之后，我就什么都不知道了……

三月二十四日

昨天夜里，妻子又在关田町那边晕倒了。昨天晚饭后，他们二人过来，说是约妻子一起去看电影。过了十一点还不见回来，我就已然心知肚明了，一准儿又是那样了吧。我看看时间已经很晚了，思忖着打个电话过去，但一转念，又觉得那样反倒显得太蠢，就决定还是继续等下去，等那边打电话过来（等待期间的那份急切、那份焦灼，还有那一如往常的期待充塞了心胸，拨弄着心神，犹如压抑着的热泉直欲喷涌而出。那种心绪，难以形容）。过了十二点，敏子一个人出现在我的面前。她让出租车等候在门外，自己进来，说道："妈妈又……"听敏子说，看了电影之后（话虽如此，但是否果如其然，却颇为可疑），母女二人送木村回到了住处，可木村又说要送她俩，于是三个人来到关田町，然后又进了屋。敏子先是沏了红茶，可上次没喝完的白兰地就摆在壁龛上，还剩着四分之一。于是，敏子就用茶匙盛酒相劝，一匙一匙地喝起来。喝着喝着，就换成了雪利杯，互相敬酒，结果把那些酒都喝光了。昨晚又恰巧烧好了泡澡水，于是事情就如上次一样地发展下去了。

——这是敏子模糊不清的说明。我问："你怎么把他们两个人留在那儿，自己就出来了呢?"敏子回答道："嗯。因为电话还没更换好，去房东那儿打电话当然是不妥的。"又说："而且，我想反正也是需要汽车的，莫不如先叫上一辆。"敏子一边说着，一边用她特有的那种心怀鬼胎的眼神察探着我的眼神。接着又说道："上次运气好，一下子就逮到了出租车，今天却怎么也逮不着呢。我在有电车道的大道边上站了好一阵子，可终究已经是那个时间了，到头来还是一辆车也没有。我就从那儿一直走到了鸭川出租车公司，敲车窗叫醒了一个司机，才坐上了车来到这儿。"见我连听都没听，就又自言自语似的补了句："出门都是二十多分钟以前了。"我在心里揣摩着敏子说那番话的真正用意，却不露声色地故意拣了句无关紧要的话，说道："辛苦你了。那你就帮我看家吧。"说完，我准备好注射用品，坐上那辆车出发了。我如坠五里雾中，搞不清楚他们三人究竟是达成了怎样的合谋，制造了这样一个蓄意而为的巧合。又或者，恐怕敏子就是主谋。我能想象得出，她是有意把那两个人留在那儿的，又故意独自离开，还在路上拖延耗费了二十多分钟（说是二十分钟，可没准儿是三十分钟，甚至我猜是晃荡了一个小时才过来的）。在我赶到关田町的那段时间里，我努力地压抑着自己的思绪，尽可能不去揣测那二十分钟乃至一个钟头的时间里，在那一室之内，究竟发生了怎样的事情。妻子还是和上次夜里一样地躺着，身上穿着那件长襦绊。墙上的衣挂钩还是吊着那件衣裳，松散散地垂落下来。木村备好了热水，端来了洗脸盆。妻子人事不省，看上去烂醉如泥，比上次夜里醉得还深。尽管如此，我还是能够一眼看穿那个外观上的假象。昨天夜里，显然是她的演戏罢了。我无比清楚地知道，实际上她是有着清醒意识的。看脉搏，也是相当地平稳有力。这种时候，我若是当真注射了的话，未免显得太过愚蠢了，于是就做个打强心针的样子，暗自决定打一针维生素。但木村却注意到了，小声问我："先生，这个真的行吗?"我答道："嗯。没问题啊。今晚的情形还不至于那么严重。"然后不以为意地注射了维生素……

……妻子开始了欢畅的呼唤，"木村君木村君"地一声声连绵不断。这次的呼唤不同以往，叫法、声调全不一样。之前是低声细语，宛若梦呓一般。今天是用力召唤，仿佛是在高声地叫喊。在进入癫狂状态前后，她的声音骤然高亢。突然间，我感到舌尖被锋利的牙齿咬得钻心地痛了一下……接着，耳朵也感到了一阵剧痛……这样的事，直到今天是绝未有过的……仅仅一夜之间，浑然判若两人。我知道是木村，把妻子变成了如此大胆、如此主动的一个女人。一念及此，嫉妒之焰骤然升腾，但同时我又对他油然生出了感谢之意。不，不仅是他，或许也应该感谢敏子。这倒是颇为讽刺的。敏子原本是打算着让我痛苦的，可谁知结果反倒促成了我的无上欢喜……不过话又说回来，我的这般不可思议的心理，她又怎么能够觉察得到呢！

……事后，今天拂晓，我感觉到了严重的眩晕。她的脸、颈、肩、臂，一切一切的轮廓都生出了重影，仿佛她的躯体之上还叠合着另一个她。没多久，我恍惚间坠入了梦境。在梦中，我看到的妻子依然是重叠的。起初是全身的重影，然后仿佛是各个部分零零散散地散布在空中。眼睛是四只，与之并列的是两个鼻子，又有两张嘴唇飞离在一二尺高的空间里。就是这样的形影叠合，而且色彩极为鲜活而分明……空间是天的薄青色，头发乌黑，嘴唇鲜红，鼻子纯白……而且，那种黑、红、白的色度都更为浓重，远远超过了现实中的她，简直如同电影院门口的广告画一样，妆容浓丽得直欲摄人魂魄。梦中的色彩竟然如此地鲜明逼真，想必是神经衰弱已经非常严重的证明。在梦中，我真真切切地那样思考着，同时又全神贯注地凝视着那个梦。右足两只、左足两只，如同浮游在水中一样。足面的肤色无比洁白，但从足形来看确凿无疑是她的。另有脚掌，浮在旁边。不知何时，眼前出现一大团松软的素白，宛如云峰。忽又忆起曾经拍过的照片即是这般形状，它是朝向着这边的臀的正面特写。不知过了几个钟头，我又做了个不一样的梦。起初，仿佛是木村裸身而立，但长在身躯上的头脸却变幻未定，看似木村，忽又是我。木村的头和我的头长在同一个身躯上，而且整个身躯也是重影叠合……

三月二十六日

这是第三次，在丈夫不在的地方，我与木村君相会。昨晚，壁龛里又放着一瓶还未开栓的库瓦西耶。

“你买来的？”

听我一问，敏子随即否认：“我不知道啊。”接着又说：“昨天我从外面回来的时候，就看见那个瓶子放在那儿了，以为是木村君送过来的。”

木村君听了，马上也说：“我不知道啊。”接着又道：“是先生吧，一定的。我觉得是。真是个意味深长的玩笑呀！”

敏子接过话茬儿说：“如果是爸爸的话，那也太讽刺了啊！”

——两个人就那么一唱一和地说着。我觉得丈夫悄悄拿过来的可能性是最大的，但也无从知晓真相。或许，也可能是敏子或者是木村君。他们两个中的任何一个，都并非是绝无嫌疑的。星期三和星期五，房东夫人要去大阪上课，回到家就已经是晚上十一点了。晚上她回来之前的这段时间，每当我们喝起白兰地的时候，敏子都会适时地溜走，躲进夫人的房间去（这件事是第一次写在这里。之前是因为担心被丈夫误解而有所保留，但现在已经没有那个必要了）。昨晚，敏子早早地就不见了身影，房东夫人回来之后还在主人房那边和她说了好一阵子话。我不清楚自己失去意识之后的事情，但知道不管醉得有多深，直到最后自己也还是顽强地坚守着那最后的最后的一线。自己还没有勇气跨越那一线，我相信纵是木村君也是一样。

木村君说了这样一件事：“拍立得照相机，是我借给先生的。因为我知道先生有一个癖好，就是把夫人您灌醉之后再暴露出您的裸体。然而，先生无法满足于拍立得，于是就开始用伊康拍照。那样做的目的，或许是要极尽所能地去观察夫人肉体的所有细节，但远远不止于此。他真正的意图，是要折磨我。先生让我负责显影，让我尽可能地兴奋，让我忍受近乎无法忍受的诱惑，然后又让我从中发现快感。不仅如此，我的这种心情反映给夫人的话，夫人也会和我一样地痛苦。先生明知如此，却正是要从中获取无尽的愉悦。先生让夫人、让我遭受如此痛苦的折磨，我心怀憎恨。但是，纵然如此，我也全然无意去背叛先生。我眼见着夫人心里痛苦，自己也和夫人一起痛苦。如果能与夫人同此痛苦，那我希望这份痛苦来得更痛、更苦、更深沉。”

我对木村说：“敏子说在你借给她的法语书中，发现了夹在里边的那些照片。她认为那不是偶然，倒像是有意而为的。你那样做，是有什么打算呢？”

木村君说：“让小姐看见那个，是期盼着小姐会采取些什么积极的举动。虽说如此，但我绝没有对小姐做出任何的唆使。我清楚小姐有着伊阿古①一般的性格，于是就那样做了，目的仅仅是期盼着发生像十八日晚上那样的事情。二十三日的晚上，还有今晚也是，都是小姐主动在先头引导，我则默默跟随，坐享其成。”

我说：“我和你两个人谈论这种事，这是第一次。不，这种事情之前从未说过，和谁都没有，和丈夫也没有。你和我之间的关系，丈夫也不闻不问。他应该心有忌惮吧，不敢问，也不敢听。他大概是直到现在，也想相信我的贞操。我也想相信自己的贞操，或许也是可以相信的吧。只有你，木村君，才能回答这个疑问。”

“请您一定相信，”木村君说，“我触碰了夫人您的肉体的所有地方，但是唯有一处至关重要的地方除外。因为先生想让我与夫人相接触，直至趋近于只剩一纸之隔。我领会此意，便在限定的范围

① 莎士比亚戏剧《奥赛罗》中的反面角色，善于玩弄阴谋。

内，向夫人接近。”

我说：“噢，噢。那我也就放心了。”

木村君如此用心周全我的贞操，我对此心怀感谢。木村君认为我憎恨着自己的丈夫。其实，在憎恨的同时，也有深爱。恨之又恨，爱亦如之。那个人，把木村君卷进中间，让他遭受到那般痛苦。若非如此，便无法燃起情欲的火焰。不过，说到底那也还是为了要让我欢喜。念及于此，我便越来越无法去背叛那个人。不过，木村君应当无法参透我的内心。在我的幻境之中，丈夫与木村君是一身同体，两个人你中有我，我中有你，两个人是二，也是一……

三月二十八日

在大学附属医院的眼科，我做了个眼底检查。原本也没打算做这个检查，但相马博士殷切关心，一再叮嘱，便去了一趟。医生说，眩晕是由脑动脉硬化引起的。由此引发脑部充血，导致出现眩晕、复视现象，甚至是意识模糊。严重了的话，也有可能会昏迷。医生问我，尤其是在起夜、动作急剧、身体方向突然改变的时候，是否会感到眩晕。我回答说正是那样。听医生说，丧失平衡感，身体发生倾斜、倾倒，甚至觉得仿佛就要坠入地下，这些都是内耳血管中的血液运行不畅导致的。我又到了内科，请相马博士诊察。之前从来都没有量过血压，今天是头一回。听从医生的指令，我被测了血压，做了心电图，做了肾脏检查。相马博士说，没想到血压竟然高到了这种程度，叮嘱我千万要特别注意。我追问他到底有多高，他却无论如何都没有告诉我，但也七七八八地说了一大通：反正高压是超过了二百，连低压也有一百五六十，而且，高低压的差距小，是最为不妙的倾向。又说：知道你在过量注射荷尔蒙，但比起补肾的药，更应该吃的是降压药。而且，虽然有些失礼，但必须建议你一定要节制房事，酒也不能再喝了，味咸、刺激的食物也是要忌口的，等等。相马还说了一堆药名，什么芦丁C呀、生物碱利血平呀、胰激肽原酶之类的药物，建议我连续服用，而且叮嘱我坚持测量血压，还要注意变化。

我有意把这件事毫无隐瞒地写在日记里，想要看看妻子会做出怎样的反应。眼下，我并不打算去理会医师的忠告。直到妻子那边有了些什么信号为止，事情大概还是会沿着一直以来的轨道继续发展下去的。按照我的预判，妻子读了这段记录后，肯定佯装不知，而且会变得越来越淫荡吧。那是必然而然的，更是无可抗拒的。因为，那就是她的肉体本身的宿命。何况，事已至此，我再也无法回头了。前夜以来，房事中的妻子陡然变得积极起来，主动地使出了各式各样的奇技淫巧。这让我越发地沉溺其中，不由自主地追随着她的节奏，坠入了无底的深渊——她依然如故，浑然不知似的，什么也没有说，只是默默地，用行为表现着各种各样的爱意。她总是佯作半睡半醒之态，我也自无必要再去调暗灯光。若醉若眠之间，自然含蓄着一段娇羞，最是妩媚，妙趣难以言说——让木村接触妻子，我是把控着事态的。起初是设置了相当的间隔，但随着自己对刺激的适应性愈益增强，我也越来越无法获得满足，于是便渐渐地压缩着木村和妻子的间隔。越是压缩，嫉妒也就越强。嫉妒越强，也就更有快感。就这样，最终目的也自然会水到渠成。妻子也希望如此，我自己也希望如此，乐此不疲，而不知所止。正月以来的将近三个月里，我竟然和近乎病态的妻子斗智斗勇直到如今，就连我自己也不禁对自己油然生出一股敬佩之意。时至于今，想必她一定会明白我是怎样地爱着她吧。不过，以后会怎么样呢？更甚于此的情欲，究竟要怎样才能驱动呢？照这个情形，很快又会完全适应了刺激。我让他们更为接近，乃至于是在一般看来已经构成了通奸的程度。不过，我现在依然对妻子深信不疑。是否还存在着一丝可能呢？既无损于她的贞操，又能促成他们实现更进一步的接触。我虽在竭尽思虑地用心寻思，但难保不被他们领先一步想到。何况，那个“他们”之中还包括着敏子……

我说妻子是阴险的女人，但我其实也是个阴险的男人，而且并不逊色于她。阴险的男人和阴险的女人生养的敏子，毫无悬念地也是阴险的女儿。然而，更为阴险的则是木村。所谓物以类聚，人以群分。阴险的人凑到一起，是再自然也不过的事了。但一下子就凑上了四个人，这又怎能不让人惊诧得瞠目结舌呢！而且，这可以说得上是世所罕见的机缘巧合了。因为这四个阴险的人虽然互相欺骗，但是却朝着同一个目的，协作合力向前进。一言以蔽之，四个人各怀鬼胎，但有着惊人一致的共识，亦即谋划着妻子的彻底堕落，并为之奋力拼搏……

三月三十日

午后，敏子来约我。我们乘上岚山线电车，到终点大宫站，与木村君会合，然后三人一同前往岚山。据说这是敏子的提议，不过倒是正如我愿。眼下，学校进入假期，木村君不用上班，空闲了下来。我们沿着河边散步，乘着小船去岚峡馆，在渡月桥边休憩，观赏天龙寺的庭园。我已经有好久都没有像今天这样，呼吸外面健康的空气。我不禁期盼着能时不时地像现在这样出来游玩。丈夫自年轻时起就只顾沉溺于读书，极少能带我来这些地方。夕阳西下，我们踏上归途。三个人在知恩寺下车离别，各自回家。今天游玩惬意，心情爽快，所以晚上也便没了喝白兰地的情绪……

三月三十一日

昨夜，夫妇二人滴酒未饮，便上床就寝了。深夜里，在亮堂堂的荧光灯下，我把左脚趾尖从被子下边稍稍伸出，有意地露出了一点点。丈夫立刻察觉，随即窜到我的床上。没有借助酒精的力量，暴露在耀眼夺目的光照之下，我们尽享欢喜。此一成功，实在罕见。宛如奇迹般的这一幕，让丈夫的脸上鲜明地闪耀出了异常兴奋的光彩……

……关田町的夫人、我的丈夫，眼下都在休假，一般是从早上就一直在家。不过，丈夫每天都必定会出去一两个小时，在附近转悠转悠再回来。目的是散步，但也不尽然。我想还有另一个目的，就是为了给我留出充裕的时间，以便偷看他的日记。每次出门前，丈夫都会说“我出去一下”。但是，每次我都感觉他仿佛是在说：“趁着这个工夫，去读我的日记吧。”越是被他这样暗示，我就越是不读。不过，既是如此，我是不是应该也同样地给他制造机会，以便偷看我的这本日记呢……

三月三十一日

妻子昨天夜里让我大为惊喜。她没有佯作醉态，也没要求关灯，而且主动使出各种花样来对我百般挑逗，甚至还故意露出了兴奋点，催促我的行动。她竟然深谙此道，对那么多的花样淫巧都颇有心得。这着实是令人意外的……这个突如其来的变化，究竟意味着什么呢？谜底怕是要一点一点地慢慢显露出来吧……

眩晕过于严重，我终究无法置之不顾，便去请儿玉医生检查血压。我看到医生的脸上浮现出惊愕的神色，听他说血压已经高到了几乎要顶破血压计的程度，还被警告说必须即刻将所有工作完全停止，并保证绝对安静……

四月一日

敏子领来了洋服裁缝河合女士。这个人在教授洋服裁剪，同时也承接定做女装的活儿。因为不用缴纳税费，所以要比市价便宜两三成。敏子总是请她给自己做衣服。我只是在学生时代穿过西装校服，除此以外就再也没有穿过洋服了。我喜好古风，身形也适合于和服，所以至今都没有穿过洋服。不过，在敏子频频劝说之下，便也有点动心，想做一件来试试看。丈夫早晚也是会知道的，但我还是觉得有些难为情，便挑在他外出的时间里请裁缝过来。布料、样式请敏子与河合女士代为斟酌，但我考虑自己的腿稍微有些弯，所以希望裙子尽量长一点，做到膝盖以下两英寸左右。女士说我的腿还谈不上是弯，西洋人里这种程度也颇为常见。她给我看了好多种布料和款式的样本，有一种粗花呢格子套裙，颜色是鼠灰色配小豆红。两个人都说好看，也就定下了。花费能做到一万元以下，不过还是要买西式鞋子的，配饰也要多多少少地搭配一点……

四月二日

午后外出。傍晚回家。

四月三日

上午十点外出。在河原町 T. H. 鞋店买鞋。傍晚回家。

四月四日

午后外出。傍晚回家。

四月五日

午后外出。傍晚回家。

四月五日

妻子的样子每天都在发生着变化。这段日子里，几乎每天下午

（也有的时候是早上）都会一个人外出，花上四五个小时，直到晚餐前回家。晚餐是和我一起，二人同享。白兰地似乎也不愿意喝，多半只是小酌而已。现在的木村是有闲暇的，我料想或许正与此事有关联，只是不晓得他们会在什么地方幽会。今天下午两点多的时候，敏子竟然露了面，问道："妈妈呢?"我回她："这个时间一般都是不在家的。是不是在你那儿啊?"她听了后，十分纳闷似的歪着头说："妈妈和木村都消失得无影无踪。这是去了哪儿呢?"很显然，她在耍花招，实际是要潜入水下，洗脱自己身上的嫌疑……

四月六日

午后外出。傍晚回家。……这一段时间里，我接连着每天外出。在我出门的时候，丈夫大都在家。仿佛总是待在书斋里，坐书案前。桌子上摊开一本书，看那姿势似乎是把目光投落在书页上。不过，实际上应该是什么也都没有读。可以想象得出，很可能丈夫脑袋里面装着满满的好奇，想知道我从出门到回家的几个小时里的行为，没有闲心再去想其他事情。当然了，丈夫一定会趁着这个工夫下楼去茶室，从壁橱小柜的抽屉里取出我的日记本来，偷偷地看上一看。不过很遗憾，丈夫会发现我的日记本上没有他想要的答案。我在日记里仅仅写着"午后外出。傍晚回家"，故意要让这几天里的行踪显得暧昧不明。每次出门前，我都会上楼去，把书斋的纸拉门拉开窄窄的一线，说一句"我出去一下"，然后便如偷偷逃走似的下楼去。下楼的时候，也要招呼一声然后出门而去。丈夫是绝对连头都不会向我这边扭一下的，顶多会点点头，微微地"嗯"一声，有时候连这一声“嗯”也不回。不过，我出门的目的是要给丈夫留出时间来偷看我的日记吗？当然不是！我其实是要在某个幽会之所，和木村君在一起。之所以采取这种方法，是出于一个日益强烈的愿望——我想要在大白天里，在那健康的太阳光线照得到的地方，在没有沾染上一丝一缕的白兰地酒气的时候，亲手去触摸木村君的裸体。在关田町敏子家里，我确实也曾与那个男子相会。当时，丈夫不在，敏子也不在场。但在那最为紧要的时刻，肌肤与肌肤逐渐接近，开始相互碰触、摩擦，正要紧紧相拥的时候，我每次都烂醉如泥不省人事了。我满心疑惑，就如同曾在一月三十日的日记里写到的那样：“我在幻觉中看见的，果真就是那个实际中的木村君吗?”我的心里满怀着好奇，亦如曾在三月十九日所写的：“像是木村，却是丈夫，看似丈夫，却又是木村。我从心底生出一股欲念，希望能在不受丈夫干扰的时候，在真切的现实中亲眼目睹那一个裸体。”那一份疑惑尚未解开，那一股好奇也还没有得到满足，都在心头郁结。我无论如何都要在没有丈夫这个中间干扰物的地方，直接而真切地看见那个千真万确是本人正身的木村君的肉体，一定要在绝非半醉半醒而是意识清醒的状态之下，一定要在并非荧光灯的苍白光亮而是亮亮堂堂的白昼的光明之中，凝神端详……

……真是令人欢喜，而又感到无比奇异！现实中得以确认的木村君其人，和今天正月以来几度相遇在幻觉中的那个身姿，正是同一个人！我曾在某一天的日记里写到自己在梦境中“抓着木村君那年轻健壮的手臂，被他那富有弹性的胸膛重重实实地压在身下”，还有“让我最为痴迷的，是木村君的皮肤非常白，白得简直不像是日本人”。这一回我在现实中第一次亲眼看见的木村君，和梦境中的那个人果然一模一样！这一次，我才真真切切用自己的手牢牢地抓着那条年轻健壮的手臂，把自己的胸脯紧紧地压向那个富有弹性的胸膛，任由自己的皮肤贪婪地吸附在那全然不似日本人的白皙皮肤上。然而，我还是在心中感到一种无可名状的不可思议，简直难以相信曾经的幻觉与眼前的真实竟然如此一致。我隐隐觉得这绝非一个纯粹的偶然。自己在梦中凭空幻想出木村君的形象，竟然能与实体完全重合。我不禁想入非非。莫非是有着什么前世的约定，在出生之前那个人就已经住进了我的意识里吗？又或者，木村君本人拥有某种怪异的神通，能把自己的形象自如地传送到了我的梦境之中？……木村君的形象，如今已是真切无误、可以把捉的现实了。因此，我也能够作一个甄别，把丈夫和木村君作为完全不同的两个人判然分开。我曾说过："丈夫与木村君是一身同体，两个人你中有我，我中有你，两个人是二，也是一。"但现在，我要明确地把这种说法撤销。丈夫身形消瘦，长相清癯。只有这一点与木村君倒有两分相像，此外再无近似之处。木村君乍一看去貌似清瘦，但在见了裸体之后才知道那胸膛竟然是那么意想不到地厚实，浑身上下也都涨满着泼辣辣的健康感。相形之下，丈夫则显得骨骼脆弱，血气衰微，皮肤也毫无弹性。木村君的皮肤白皙，那白皙下面又鲜灵地透着红，光滑滑鲜嫩嫩地如凝脂一般滑腻润泽。与之相反，丈夫的皮肤暗淡乌青，干枯得犹如金属材质一般。那种铝箔似的光滑，现在想来也令人顿觉恶心。我对丈夫的心理有着微妙的矛盾，半是嫌恶，半是爱恋。然而近日来，嫌恶之情显然与日俱增，而且势不可转……啊，啊，我的丈夫竟然是一个与自己在性方面完全合不来，令人无比嫌恶的男人。我不明白，也很无奈，为什么自己的丈夫偏偏就是这个男人呢，真真希望能换成木村君啊！每日里，我都无数次地叹息，怀着无尽的哀婉……

……直到如今，我仍然墨守着最后一线。我的话，丈夫会相信吗？不过，不管信与不信，那就是事实。然而，所谓的“最后一线”，若用极其狭义的解释来说，就是真正的最后的一线。只要是在不突破那一线的范围之内，或许也可以说我是无所不为了。之所以这样说，是从小所受的教育使然。父母颇为封建，我的观念自然也因循守旧，固执于形式主义，而且根深蒂固。在我的意识深处，隐约地觉得形式重于精神。精神上暂且不论，单从肉体层面来说，只要是没有发生那种常被丈夫挂在嘴边的正统式性交，那就不能算作是玷污了贞操。于是，我就只是守着形式上的贞操，采用各种方法把其他能做的都做了。当然，若是问我具体的什么事情，那是会让我为难的……

四月八日

午后出门散步。我沿着四条大道的南侧，从河原町向西步行。在藤井大丸的前面，又走了几百米，竟然碰见了妻子。妻子在某家商店买了东西，刚刚走上人行道。背朝着我，在我前面十米左右，又向西边走去。我看了一下手表，是四点半。从时间来看，妻子应该是在回家的途中。不过，她是向西走的。恐怕是先发现了我，打算要避开，索性反向而行。我平日里散步的路线一般都在东山附近，四条这边是极少来的。她在这个地方碰见了我，肯定会觉得意外吧。我加快了脚步，一点点地缩短距离，直到差两米左右就追上了。纵是如此的间距，我若不喊，她也绝不会回头。我们两个就这样往前走，保持着这种间隔。我有些好奇她买的是什么，便在经过那间商店门前的时候，往里边看了看，原来是卖女士配饰的，橱窗里展示着蕾丝或是尼龙的手套、各种耳饰、吊坠之类的小物件。妻子是从未穿过西洋式服装的，按理说应该是不会来这种商店的。可就在纳闷的那一瞬，我猛然间惊讶得瞪圆了双眼。稍一留意之下，竟然就发现了一点异样。妻子就在我的眼前款款而行，但直到刚刚我才发现，她的左耳和右耳各垂着一只珍珠耳环。和服配上这样的小饰品，倒也颇有些情调。我不知道她从何时开始心得于此类审美，是就在刚刚才第一次买来匆匆戴上的呢，还是趁着不在我身边的时候，早已时常如此了呢？这样说来，我又注意到了她身上的这件短襟。从上个月开始，我就多次看见过她将其套在和服的外面。今天也是身着那件短襟。本来，她喜好古风古韵的装束，是厌恶时髦风尚的。不过，今天看来，如此穿着却也颇具美感。更为意外的，是那副耳环尤其与她相称。我忆起曾无意间读到芥川龙之介笔下的中国女人，耳后的肤色异常之白，殊为美丽。妻子亦然。从后面看过去，耳朵清白如霜，绝美难伦。那一段清冷之美甚至浸透了旁边的空气，让空气也变得清洌澄澈了起来。耳环上那两颗圆润的珍珠，与她的耳垂相映成趣。那样的耳朵坠着那样的珍珠，简直美得不可方物。这样的美妙搭配，她自己大概是想不到的吧。一念及此，心中况味顿时复杂了起来。嫉妒和感谢一如往常地掺杂混合。妻子身上居然隐伏着颇富异域情调的美，但身为丈夫的我竟浑然不觉，倒是让外人给发掘了出来，这可真是叫人心有不甘。不过，想来似乎也合于情理。一般来说，为人夫者眼中所见的妻子，往往就是那个久已看惯了的女人、那个久已看惯了的身姿，习以为常而不觉其美，所以反倒不如外人了……妻子穿过乌丸大道之后，还径直地往前走去。她的左手拿着手袋，还有一件细长而略扁的包裹。从包装纸来看，像是刚才那家店的，但里面包着什么就不得而知了。走过西洞院的时候，我向北横穿过电车道，走到大道的另一边，然后快走几步超过了她。实际上，我是故意让她看见我，让她知道我已经不再尾随着她了。接着，我乘上了由四条崛川向东行驶的电车……我到家之后大约一个小时，妻子也到了家。耳朵下面的珍珠已经不见了，我猜是收在了那个手袋里。她还提着刚才的那个小包裹，但没在我眼前打开……

四月十日

丈夫在他的日记中，似乎对自己健康堪忧的情况有所透露。我不清楚他对自己大脑和身体的问题是怎么考虑的。我没有读他的日记，也无从揣测。不过，我实际上早在一两个月以前，就稍稍觉察到他的样子发生了些许变化。他原本脸上就没有多少血色，但近来气色更差，面如土灰。上下楼梯的时候，时而也会踉跄一下。记忆力原本是很好的，可最近明显变得健忘起来。在和人通电话的时候，有时候竟然怎么也想不起原本绝对应该知道的人名，急得手足无措。在屋子里走的时候，走着走着会突然停下脚步，要么闭上眼睛，要么抓住柱子。稍为郑重的信函是以毛笔书写在和纸上的，但字却写得越发地拙劣起来（若论书法的话，一般来说应该是越到老年越加老到才是）。而且，错字、脱漏也明显增多。我所见的虽然仅限于信封，但他总是会把日期、地址什么的弄错。错的方式也着实匪夷所思，比如说本应是三月却写成了十月，甚至连自己家的地址也是瞎写一通。更让人大吃一惊的是，在寄给叔父的信封上，收信人名字中的“之介”写成了“之助”。更有甚者，本应是“四月”，写成了“六月”，然后又把“六”字划掉，再郑重其事地改为“八”字。日期、地址上的错误我就自己悄悄改正之后再寄出去，但是像“之助”这样的错误是难以完好处理的，便只好若无其事地提醒他，“之介”写成“之助”了。这时候，丈夫显然是狼狈不堪的，但还要故作平静地说一句“哦，是嘛”，然后又把信搁在桌子上，一点也没有马上重写的样子。信封我倒是可以看一眼，有错误也还好办，但是正文里会出什么样的错误就不是我能知道的了。丈夫头脑的问题，或许在他的朋友知己之间已经颇为人知了。我也没什么人可以商量，所以前天去拜访了儿玉医生，装作尚不知情的样子，请医生给丈夫诊察。结果他却说：“这件事情，我也正想要和夫人谈一下。”听儿玉医生说，丈夫自己似乎也十分担忧，也去请相马博士检查了一下，但又觉得相马博士说得太危言耸听，就对博士敬而远之，又回转到儿玉医生这里来了。关于丈夫的病情，儿玉医生并非专业，所以语焉不详，但也告诉我说“血压高得惊人”。我问“有多高”，医生似有为难之色，说：“不知道是否该向夫人说明。”但在稍为踌躇之后，接着说道：“您先生的血压，本来是用血压计测量了的，但是数值竟然突破了刻度的最上限，而且上升之势丝毫不减。我慌忙停了下来，以免仪器被胀破，所以也没法知道血压究竟高到什么程度。”我问道：“我丈夫他可知道吗?”医生回说：“相马博士曾再三警告，但您先生似也未能遵守，以致发展成令人心寒的状况。关于此，我未有隐瞒，已经如实相告。”（我第一次把这件事情写进了日记，因为既然儿玉医生已经说过，那么纵是被丈夫读到也无妨了。）丈夫陷入了这般境况，不能不说我是负有大半责任的。假如我没有那种贪得无厌的欲求，丈夫应当也不至于如此地沉溺在淫荡生活之中。（我在和儿玉医生谈及此事的时候，真是觉得难以启齿，羞得满脸通红。不过，幸好他并不清楚我们夫妻生活的真相。他完全以为我是彻头彻尾的被动者，而丈夫才是主动的一方，纯粹是因为丈夫自己纵欲才招致了今天的恶果。）当然，或许有人会说丈夫所做的一切，目的都在于让妻子欢喜，所以才会弄成如今这个样子。对此，我也并不打算作出否定。但是，就我本人而言，作为一个无论怎样都会事夫以忠的妻子，一直以来勉强着忍下难忍之忍，就是为了要让丈夫欢喜。这样看来，我觉得敏子所说的“妈妈是贞妇的典范”，似也并无不妥……不过，也罢了。事已至此，无论怎样互相推诿、彼此追究已经于事无补，谁对谁错也都不再重要。总而言之，无论丈夫还是我，都是主谋。我们互相引诱，彼此蛊惑，恣意放纵得一发而不可收拾，勇往直前地冲向无可挽回的境地，直至沉迷其中，及至于今也不愿醒悟……

我不知道把这件事写在这里是否合适，也不清楚丈夫读到之后究竟会有何结果，不过还是打算记录下来。实际上，身体状况已经坏到令人心寒的，不仅仅是丈夫，我也几乎同样。我感觉到身体情况不妙，是在今年正月的月末左右。早在敏子十岁左右的时候，我就曾经有过两三次咳血的经历。据说肺结核的症状已经发展到了二期，医师也一再地叮嘱要多加注意。不过，病情并没有朝着让人担心的方向恶化，而是自然而然地痊愈了。所以，这回我就没那么在意了。对了，那个时候我也全然没把医生的忠告当回事儿，丝毫没有注意养生，反而恣情地放纵。我倒不是不怕死，而是我生性淫荡的血液没有给我一丝一毫的间歇去顾虑生死。面对死亡的恐怖，我闭上了眼睛，把这一身性命任由着性的欲望去驰骋、蹂躏。面对我的大胆和鲁莽，丈夫也惊呆了，惶恐地揣摩着将要发生的不测，但结果还是被拖入了我的节奏。运气坏的话，没准儿那个时候我就死掉了。当时那么纵欲，怎么会反倒病好了呢！这次也有征兆。正月的月底，便有了预感。我时不时地会觉得胸口发痒似的燥热，心底也随之泛起了疑虑。到了二月的某一天，吐痰的时候，连带着咳出了和之前一样的、混杂着泡沫的鲜血。血倒是不多，但一连着有两三回了。现在似乎是暂时好了，但也说不准什么时候又会发作。身上感觉倦怠乏力，手心和脸上也莫名其妙地燥热。看情形想必是发烧了，但我一点儿都不愿意量体温（倒是测过了一次，结果是三十七度六，之后就再也不量了），也决定不请医生诊察。夜里也总是会盗汗。按照上一次的经验来看，想必这次也没什么大不了的，不过也不是说就可以高枕无忧了。上次的病情好转，或许正如那时候的医生所言，是得益于我的胃好。记得当时医生说过好几次：得了这个病的人一般都会日渐消瘦，但令人觉得不可思议的是夫人您的食欲却未见衰减。但是，这次和以前大不一样了。胸口时不时地就会感到一阵让人心生寒意的刺痛，而且每天一到下午都会有无尽的疲惫感袭来。（为了抵抗这种疲惫感，我更加频繁地去接触木村君。对于忘却午后的倦怠来说，木村君是无论如何也不可或缺的。）以前没有过这种胸口的刺痛，也没有如此疲惫不堪的感觉。说不准病情将会继续恶化，以至于难以治疗。我隐约觉得这次的胸口疼痛并不那么简单，而且我不注意养生的程度也与此前不可同日而语。对这种病最为有害的莫过于过度饮酒，但我自从正月以来喝了大量的白兰地。如果病情不因此而发酵，然后高歌猛进的话，那绝对堪称奇迹了。现在回过头来思忖一下，这段日子里我竟然那么放任自己饮酒烂醉以致不省人事，很可能是已经预感到了自己命不久矣，在这种心情隐隐作祟之下，索性也就自暴自弃了。

四月十三日

果然如我所料，妻子的外出时间从昨天开始发生了变化。因为木村的学校开学了，白天里的幽会变得不再可能。前几天都是下午早早地出门，最近这一两天却收敛了。昨天傍晚，五点左右的时候先是敏子现了身。接着，妻子也起身开始拾掇自己，似乎事先约好了似的。我虽然身在二楼，但也立刻就明白了。妻子上了楼，在障子门外面说："我出去一趟，很快就回来。"和往常一样，我"嗯"了一声。妻子便转身下楼，旋即却又停下脚步，站在楼梯上说："敏子过来了，晚饭可以和她一起吃呢。"我不怀好意地问她："那你呢?"她回道："我回来再吃，你要是等我的话，也可以一起吃的。"我故意回答说："我先吃。你也吃了饭再回来吧，不用急着回来啊。"我忽然想要看看她究竟是怎样的一番装扮，就疾步出了书斋，来到走廊，向楼梯上望去。她已经下完了楼梯，可我一下就瞥见了那副珍珠耳环，昨天就已经在家里戴着了（她应该没有预料到我会突然来到走廊里）。那时，她的左手上已经戴好了白色蕾丝手套，正在往右手上套另一只。我一下子就想到了前些天她拿着的那个小包，里边的东西想必就是这个了。她注意到了我的出现，瞬间的意外似乎让她倍觉尴尬。“妈妈。很搭的哟!”是敏子说了一句……六点半过后，女佣上楼来说晚饭已经备好了。我下了楼去茶室，见敏子已经等在那里，便说：“还在呢啊？饭我一个人吃就可以。”她马上回道：“妈妈说了，偶尔也要陪一陪爸爸的。”我估摸她肯定是有什么话要说。实际上，和敏子两个人共进晚餐实属罕见。这样说来，妻子在晚饭时候不在家也实属罕见。这段日子，妻子虽然总是外出，不过晚饭时候总还是在家的。外出都在晚饭之前或者之后。或许是她不在的缘故，我忽然感到一阵莫名的寂寞，仿佛身边一下子成了空白。这种心绪几乎从未有过。有敏子陪在旁边，反而增强了这种空白的感觉。实际上，她的陪伴倒成了多余的麻烦。而且，敏子是很有心机的，所以我怀疑这是她早已算计好的。

“爸爸，您知道妈妈去了哪儿吗？”只待我甫一落座，敏子便开了口。

我淡淡地回道：“不晓得啊！我也不想问得那么详细呢!”

可她接下来却自顾自地挑明了答案道：“大阪哟!”然后留意着我的反应。

“大阪？”我下意识地脱口应道，不过还是忍着把到了嘴边的话又咽了回去，故意面无表情地说，“哦，是哦？”

敏子不肯作罢，径自说出到那里的路线：从三条乘旧京阪线特急列车，四十分钟到京桥，然后走五六分钟就是那个地方了。见我没说话，她又说道：“我说得再详细些吧!”

我不愿意听她接着说出后面的话，就结束了沉默，开口道：“那种事情是不需要听的。你为什么会知道地址呢？”

我岔开了的话茬儿，她接了过去，答道："是我告诉他有个合适的地方。木村说因为京都人熟眼杂，问我离京都不远的地方有没有什么合适的地儿。我问了一个战后派[①]的朋友，是比较清楚那种地方的人。"说着，敏子倒了杯白兰地，说："爸爸，来一点儿吧。"

这段时间，我已经不喝酒了，但昨天敏子还是把白兰地摆上了餐桌。为了掩饰脸上的羞红，我喝了一口。

敏子问道："虽然有点儿像是在寻根问底，但我还是想知道爸爸到底是怎么想的。"

我没有回答，反问了句："你所说的怎么想的，是指什么呢？"

她接着问道："如果说妈妈到现在也没有背叛爸爸，您会相信吗？"

我接过话茬儿问："妈妈跟你说的吗？"

她回答道："妈妈没有。是听木村说的。那个人说，夫人对先生依然保持着贞节。那种蠢话，我是不会真信的。"

说着，敏子又往雪利杯里倒满了酒。我没有犹豫，端过来一饮而尽，觉得自己有多少酒都会喝下去。我轻轻地说了句："你信与不信，那是你的自由。"

她反问我："爸爸呢？"

我淡定地说："当然不用说，我是相信郁子的。即便木村说他玷污了郁子，我也不信。郁子不是那种会欺瞒我的女人。"

敏子在嘴里微微地发出了"呵呵"的一声冷笑，然后说道："不过，假如没有被玷污，却使用了更甚于被玷污的、更为肮脏的方法，以满足——"

---

① 指第二次世界大战后，日本一些缺乏道德感、无法无天的年轻人。

“住嘴！敏子！”我打断了她，又训斥道，“别再胡说八道了！跟父亲说话，要知道什么可以说，什么不可以说。竟然说出那种话来，你才是所谓的战后派！你真是个腌臜货！这儿没你什么事儿了，赶紧给我回去！”

她说了句“回去了”，便把盛了一半的饭“啪”地倒回了饭盆，出门离去……

……被敏子乘虚而入，我陡然地心神不宁起来，久久不能平静。敏子一语道破玄机：“大阪哟！”那一瞬，我的胸口仿佛被猛然暴击而沉陷。而且，那种感觉延续不断，无休无尽。其实，那件事，我倒不是完完全全没有想象过。我一边想象，一边努力逼迫自己不去想它。但是，当我猛然间不得不清清楚楚地听到的时候，还是不由得大吃了一惊。或许，这正是最为真实无伪的心情。不过，我还真是第一次听到地点是在大阪。那，究竟是一个怎么样的屋子呢？有格调的普通旅馆吗，抑或艺伎茶屋[①]呢，还是更为不堪的温泉情人旅馆呢？……虽然不愿去想，无奈心头总会浮现出那个房间的样子，乃至屋里的空气，还有二人共寝的情形……听敏子说是“问了一个战后派的朋友”——我不由得联想到廉价公寓里一个四四方方的房间，并在心头描绘出二人共寝的情形，不是在榻榻米上，而是在床上。我感到一种莫名其妙的诡异，自己隐隐地期望着他们是在床上，而不是铺着被褥的榻榻米房间。我想到了敏子的话，“什么非常不自然的方法”“更甚于被玷污的、更为肮脏的方法”，脑海里清晰地幻现出各式各样的姿势、各式各样的手臂与腿的位置……敏子突然道破那一层玄机，究竟是为了什么呢？我心生疑窦，百思不

---

① 供客人约会或召唤艺伎作艺游乐的茶屋。

得其解。难道那并非出于她自身的意愿，而是受了郁子的指使吗？不知道郁子有没有把那件事写在自己的日记里，我猜她可能是担心自己写了出来，而我不去读（或是装作没有读），所以也不管我想听不想听，硬生生地要把真相塞给我，于是就利用了敏子。不过，最为要紧的，也是我最在意的是，郁子是不是就在这一次，把自己的一切都完完全全地奉献给了木村，然后又假借敏子之口向我寻求谅解呢？至于敏子说什么“那种蠢话，我是不会真信的”，也是受了郁子的指使吧？现在想来，当初自己在日记里写下“她拥有多数女人都难以企及的极为稀罕的美妙性器”，真是大错特错。还是不写才好。她想着要把那个美妙性器用在丈夫以外的男性身上，去尝试，去感受。这种好奇心一旦生出，她到底还能扛到什么时候呢？……我从未怀疑妻子的贞节，原因之一就在于无论在何种情形之下，她都不会拒绝与我交欢。即便是已经在某处和他相会了之后，她在当天夜里也从来没有对丈夫的求欢显露出半点畏缩的意思，相反还会主动地来向我求欢。我觉得这就是证据，说明她没有跟他发生实质性的关系。不过，也不好说。别的女人暂且不论，我的妻子可不一般。就算是下午也做，晚上也做——这样的日子日复一日地持续了很多天，以她的体质，也能轻松胜任。一般来说，和自己爱的人相会之后再去跟嫌恶的人行房，绝对是一种不堪忍受之苦。然而，她是个例外。即便她要拒绝我，但她的肉体也决然不知抗拒。即便是有意抗拒，也必然无法抵挡诱惑，反而会欣欣然地迎合上去。这正是淫妇之所以为淫妇之处，而我居然看漏了这一点……昨夜，妻子到家是九点钟。十一点，我进了卧室。那时，她已经在床上了……我发现她是那么地积极主动，远远超出了我的预想，让我惊讶不已。

而且，我感觉自己完完全全地置身于被动的境地。房事之中，她的态度、应对、配合等等，都无可挑剔。她所呈现的媚态、趋向陶醉的引导、渐渐攀上巅峰的引领都尽善尽美，每一阶段、每一步骤的技巧也都毫不马虎，仿佛无一不在证明着她真真正正是全身心地沉醉在了那一行为当中……

四月十五日

我自己也知道，自己的脑子是日渐一日地不中用了。年后，我放下了其它的一切，一门心思地热衷于让妻子欢喜，不知不觉中似乎对性欲之外的所有事情都丧失了兴趣。思考问题的能力全然衰退，竟至于一件事情想到一半就怎么也无法坚持着想下去了。脑海里浮现出的，全都是和妻子同寝相关的种种幻象。以前，我无论在什么情况下，都不曾荒废了读书，但是现在一整天什么都读不进去。出于长久以来的习惯，我还是每天都向桌而坐，但只是把眼光投在了书籍上，其实什么也没有读。第一眼看过去，只觉得眼前发花，字影闪动，读起来很是吃力。文字出现了重影，因此读来读去也都是在读同一行。现如今，我自己已经全须全尾地变化成了一个仅仅活在夜里的动物，一个除了拥抱妻子以外全无所能的动物。白天里，我一头钻进书斋，却每时每刻都感觉到不堪忍耐的倦怠，同时又饱受着难以名状的惶恐的侵袭。出去散步的话，多多少少还能散却些许的不安。但是，就连散步也渐渐无法自如地付之于行动了。因为眩晕愈益严重，走路也越发地困难起来。一直觉得自己会仰面倒在路上。于是，即便是出去散步，我也不多走，而且尽量往行人稀少的地方去，大概也就在百万遍、黑谷、永观堂一带溜达溜达，主要是坐在长椅上休息，消磨时间。（脚力也大不如前，稍稍走得多了些，马上便会觉得累。）……今天散步回来，我发现妻子正在茶室里，和洋服裁缝河合女士说着话。当我准备进去喝杯茶的时候，妻子却先开了口，说道："现在别进来。还是到二楼去吧。"我瞥了一眼，见妻子正让裁缝帮着自己穿洋服。她再三地催我去二楼，我只好上楼进了书斋。楼下传来妻子的说话声："我出去一下。"我估摸她是要跟河合女士一起出门去，就从二楼的窗口向下望去，看见她们两个人走在路上，妻子的身上是洋服。这还是我第一次看见她穿西式服装。前些日子里，她开始穿着和服佩戴饰品，想必就是为此而做的准备吧。不过，实话实说，妻子很难说是适合于穿洋服的。河合女士身材矮小，并不好看。相形之下，妻子身姿优雅，本应是更显美丽的。不过，洋服并不那么合身，感觉上还没有和妻子的身形浑然一体。反倒是河合女士因为穿着日久，有了些心得，颇显得自然。妻子戴着耳环、蕾丝手套，但那与洋服的搭配并不理想，远不如配着和服那般优美。配着和服，自然流溢出一段异域风情。搭上洋服，反而有种生搬硬套的感觉，看上去并不自然。衣服、身体、配饰显然没有融为一体，而是各美其美，互不相称。近来的风尚，流行着把和服穿得像洋服。不过，妻子适得其反，还是把洋服穿得如和服一般。洋服的里面，显然是随顺着和服而生成的体形。削肩滑落，双腿外曲，与洋服都不相称。腿是纤细而流畅的，不过双膝以下及至脚踝那一段的线条向外弯曲。这样的腿型与穿着西式鞋子的脚并不匹配，莫名地显露出脚腕与小腿连接部位的臃肿。举止亦然，不与洋服相得。妻子那手臂轻摆、双足缓步、美颈微侧之间，肩头、身形也如弱柳扶风一般摇曳生姿，唯有和服才与之相得益彰，才自有一段婀娜柔美。不过，洋服竟也藏不住那一段袅娜柔美的身姿、那和缓微弯的双腿曲线，反而莫名其妙地造成了别具一格的妩媚。那一段令人不可思议的妩媚，在她穿和服时反倒没有显现出来。我伫立窗前，目送着妻子的背影，不由得入了神。那柔美的身姿仿佛散逸出了一股魅惑，尤其是裙下及至脚踝的那一段弯曲之美真是令人着迷。恍惚间，我不禁沉醉在了对今晚的幻想里……

四月十六日

上午，去了锦市场。我以前一直都习惯自己挑选采买食材，可是近来却凡事都交由家中女佣去做，因而在心底对丈夫隐约生出了些许歉疚，觉得自己荒疏了作为主妇的职责。于是，时隔多日，我决定亲自去趟市场。（不过，虽说是有些荒疏了主妇的职责，但也是事出有因的。于我而言，还有着远比选购食材更为要紧的任务，就是让丈夫尽享欢喜之事。繁忙于此，自然也就连去锦市场的闲暇都没有了。）我在经常去的果蔬店里买了竹笋、蚕豆、嫩豌豆。看着竹笋，心中不免泛起了些许感触。今年的樱花，终究还是未及一见，花期便在不知不觉之中倏然逝去了。还记得去年，我曾和敏子两个人踏着渠边小道游玩看花，从银阁寺到法然寺，一路漫步一路赏花。现在，那一带的樱花想必早已凋零落尽了吧。赏樱是不消说的了，今年的春天几乎全在慌乱之间度过，又何尝有一点点的从容呢！蓦然间一回首，才见那二三月早已悄然流逝，恍如春梦一般了无痕迹……十一点，我回到家里，想把书斋里的花换上一枝。今天插的花，是敏子房东夫人自家院子里栽植的巴黎金合欢。在我插花的时候，丈夫上到了二楼。看样子像是刚刚起床。丈夫习于早起，近来却总是这样贪睡。我说："刚起来吗?"他说了句："今天是星期六吧?"接着又问道："明天是要一早出门的吧?"丈夫仿佛残睡未消似的，话音里混着些含糊。我知道他实际上根本没有睡迷糊，其实心里挂记得很，便也不置可否，只在嘴里含糊了一句敷衍了事……

两点左右，大门口有人说了句"打扰了"，随后进来了一个陌生的男子。他自己说是石塚治疗院的指压按摩师，但我不记得有谁请了这么个人来。这个时候，女佣出来说："先生吩咐下的，所以我就请来了。"我觉得有些蹊跷，因为丈夫一直就很厌恶让陌生人揉捏腰腿，也从不请人按摩推拿。问了女佣，她说是前些日子听先生说自己肩痛难忍，甚至连转头也困难，所以就介绍说，有一位手法很好的指压师傅，不管信与不信都不妨试一试，做上一次两次，没准儿就能彻底地好起来呢。先生或许是见她推荐得热心，而且也确实觉得疼痛难忍，便吩咐说把那个人请来。我打量了一下那个师傅，是个五十岁左右的男人，长得偏瘦，面相也不好，戴着一副墨镜。我以为是盲人，可又似乎不像。我随口叫了声"按摩师傅"，女佣听了却慌忙说道："可不能叫'按摩师傅'呀，会生气的。请您称呼为'先生'吧!"

卧室里，他让丈夫在床上躺好，然后自己也到了床上去治疗。虽然他穿着白大褂，但我还是不禁感觉有些脏污。这样一个男人，竟然上了那神圣的床。我在心底里极不情愿，估计丈夫厌恶按摩也是因此。那个按摩的嘴里说着“僵硬得很严重呢”，怪异地虚张出一副卓有见识的模样，看上去格外地滑稽。从两点开始，直到四点左右，竟然揉了大约有两个小时。那个人说：“再有一回两回的，就会很舒服了。我明天也来。”然后走了。

我问丈夫：“感觉怎么样?”

他回道：“好像舒服了一点。不过力度有些大，全身筋骨都按得咯咯作响，有些疼，有点难受。”

我又说：“听他的话，是明天也要来吧。”

丈夫回道：“嗯，再做一两回吧。”看起来似乎更疼了似的……

听他问道：“明天是早上出门吧?”我似乎也不好告诉他“今天待会儿也要出门的”，便没有回答。四点半左右，我换好洋服，故意露出了戴着的耳环，进了卧室。我掩藏着心中的羞涩，做出一个“我出去一下”的表情，又轻声问道：“你还散步吗?”丈夫嘴上回了句“嗯。我也出去”，身子却因为接受了按摩而软瘫瘫的，躺在床上没有动弹……

四月十七日

对丈夫来说，是发生了重大事件的一天。于我而言，也当然是事关重大的一天。或许，今天的日记会成为终生难忘的回忆。因此，我想把今天里发生的一切，事无巨细都毫无隐藏地明确记录下来。不过，当然也不能过于草率。以眼下的情形来看，有的事情不宜全写。今天从早上到傍晚的这段时间里，我是在哪儿、又是怎样地打发了时间，细节之处还是不写方为明智。总而言之，今天这个星期日，我是早已计划好了的，当然也是按照既定安排度过的。我去了大阪，在此前去的那间屋子和木村君幽会，也一如此前快乐地度过了这个星期日的美妙半天。那一份快乐妙不可言，或许可以说是在过去所享受到的星期日里，此为最妙。我和木村君遍试秘技，尽享妙趣。跟着他的节奏，照着他的意思，我尽情地享受着未曾有过的欢愉。无论木村君想要什么，我全都照做。无论木村君想要怎样，我也都扭曲了身子做好姿势。那尽是些破天荒头一次的尝试，极尽了新颖奇特的姿势，简直像是在模仿杂耍艺人的特技一般。如果把对方换作是丈夫的话，无论如何也无法想象得到。（我不禁惊叹，自己简直判若两人，真不晓得究竟是从什么时候开始，我竟然能够把四肢操控得如此自如。当然，这一切都得益于木村君的教导有方。）从来都是在那间屋子里和他幽会，从来都是从甫一见面及至分别的每一分每一秒里都万分珍惜地全力以赴，只顾着全心全意地沉溺其中，从来也不说一句多余的话。但今天，木村君忽然问道："郁子，在想什么？"（木村君早已开始用"郁子"来称呼我了。）那一瞬间，我注意到了他的眼睛里闪出一股敏锐的直觉。我草草地敷衍了声"没什么"。但几乎在同一时刻里，丈夫的面容倏地一闪，在我的眼前掠过。这是从未有过的事情，让我觉得很不可思议，不明白丈夫的面容为什么偏偏会在这个时刻里浮现出来。实际上，我一直都在拼命地努力着要把那个幻影抹消。这个时候，木村君一语中的地说道："我知道的。是想起了先生吧。"接着又说："怎么回事儿呢？其实刚才我也想到了先生。"略微顿了一下，木村君又说："上次以来，心里总是踌躇着，就一直也没有上门问候，但这几天里也在想总该去拜访一下的。事实上我是想让老家再邮些干鱼子过来，信已经寄出去了，但可能还没到。”他的话，就此中断。两个人就又一次地沉浸在欢喜的世界里。现在回想起来，也觉得不可思议，莫非是某种奇异的预感吧……五点，我回到家时，丈夫不在。问了女佣，说是指压先生今天也来了，从两点一直到四点半，治疗时间比昨天还要长了三十多分钟。听女佣说，那个男的说了一大通：先生的肩部如此僵硬，也是血压高的证据。医生的药当然是不会管用的，不管是多么了不起的大学出来的医生也不可能简简单单地治愈。倒不如交给我，我保证治好。我的本领可不光是指压，还会针灸。先用指压疗法，若是指压还不足以治愈，再用针法。眩晕的问题，施针的话一天就能见效。他还说：血压虽然高，但也不用频繁测量。会增加心理负担，反倒不好。如果在意的话，血压就会越升越高。事实上，也有人根本就不管血压是升到了二百还是二百四五十，也不注意养生，全当没事一样，也活得好好的。还是不要太过在意的好，抽点烟、喝点酒也没什么要紧的。您的高血压绝对不是多么严重的问题，只管放心，肯定能好。听了这么一通，丈夫对那个男人满意至极，还说让他每天都来，也不去看医生了。六点，丈夫散步回来。七点，我们两个人吃饭。菜是昨天在锦市场买来的那些食材，交给女佣做的，有幼竹汤、盐水煮蚕豆、嫩豌豆拼高野豆腐，还有差不多半斤的里脊牛排。（医生嘱咐要以蔬菜为主，控制脂肪过多的食物。但是丈夫全然不予理会，因为要和我抗衡，他每天必不可少地要摄取牛肉。牛肉的吃法也不少，可以做成牛肉小火锅，也可以用牛油煎了，还可以烤着吃。但是，丈夫最好牛排，而且必须是半生半熟滴着血的。与其说是嗜好，倒不如说是必要，所以若是缺了的话，他似乎就会感觉难受和焦虑。）牛排的火候很难把握，所以如果我在家的话大多是由我来做。干鱼子总算是寄来了，也摆上了餐桌。丈夫看到了，便说："有了这个，那就喝点吧。"便把库瓦西耶白兰地拿了过来，但也没喝多少。前天我不在家的时候，丈夫和敏子吵了一架，然后便把那一瓶子的白兰地几乎都喝了，就剩下瓶底儿上的那么一点。我们两个人一人一杯，便喝光了。然后，丈夫就上了二楼。十点半，我去二楼，告诉丈夫泡澡的水已经烧好了。丈夫泡完之后，我也泡了个澡。（这是我今天第二次泡澡了。之前刚刚在大阪洗过，没有必要再洗，但为了给丈夫做做样子，就又洗了一遍。其实，这样的事情也都有过好多次了。）当我进卧室的时候，丈夫已经在床上了。一看见我的身影，就马上打开了落地灯。（这段日子里，除了那个时候以外，丈夫不再喜欢把卧室弄得太亮。应该是动脉硬化影响到了眼睛，致使周围物体看起来会闪烁不定，映射到瞳孔中也会有两重三重的重影。灯光会对他的视觉产生强烈的刺激，甚至晃得他无法睁眼。于是，若非必要，就尽量保持光线暗淡，但是唯独在那个时候一定要把荧光灯也打开。现在，荧光灯的数量又有增加，那个时候的明亮程度简直是无法形容的。）在骤然明朗起来的灯光里，丈夫目不转睛地凝视着我，频频地眨着溢出了惊讶之色的眼睛。这是因为，刚刚我沐浴出来时，突发奇想，戴着耳环就上了床，而且特意背对丈夫侧卧着，故意把耳后显露了出来。这么一个极其细微的举动，以前从未有过。今天只稍稍一试，丈夫立刻就条件反射似的兴奋了起来。（丈夫说我是世间罕有之淫妇，但若让我来说，丈夫那般饥渴已极欲壑难填的男人才是绝无仅有的。从早到晚，每时每刻，丈夫总在想着那个事。哪怕我只是给出了那么一点点微乎其微的暗示，也会立刻作出反应。但凡稍得其便，就会迅疾回击。）果不其然，丈夫迅速地上了我的床，从后面紧紧地抱住了我，激烈而持续地在我耳后狂吻。我闭着双眼，任他亲吻……事实上，我不爱他。直到现在，无论从哪种意义上说，我都说不上是爱着这个“丈夫”的。然而，这个人用唇舌狂吻着我的耳垂，却也绝对没有引起我的不悦。和木村君相比，他的亲吻技术笨拙得简直无法形容。但也正是这个“丈夫”的舌头的触感，让我感到一阵阵莫名其妙的酥麻，竟至于一概没有生出厌恶的感觉。不过，也并非全无厌恶，只是在厌恶里边竟然还兀自混杂着一种甘甜。我这样琢磨着，细细地品着其中滋味。我对“丈夫”，毫无疑问是从心底里厌恶着的。不过，知道这个男人竟然为我如此痴迷，我也来了兴致，想要让他欢喜到癫狂。如此看来，我无疑有着一种奇异禀性，可以把爱情和淫欲完全切割、分别对待。在我心中，丈夫是个令人厌恶透顶、催人呕吐的男人。然而，我一面冷淡着丈夫，一面却又把他引向了欢喜的世界，而我自己竟然也在不知不觉间完全地沉陷进那个世界里头。最初的时候，我自己异常冷静，只是想方设法让他更进一步地狂乱起来，而自己则一心一意地咀嚼着眼前的乐趣，心怀恶意地观察着他几乎马上就要发狂似的大口喘着粗气的模样，不禁为自己的技术之精湛而自我陶醉起来。但是，在我醉心其中的时候，渐渐地也和他一样地喘息起来，一样地狂乱起来。今天也是一样，我把白天里和木村君一同演练的那些癫狂性戏，又以丈夫为对手，一个一个地、原汁原味地演练了一番。我细细地品味着，比较着，仔细分辨他和木村之间到底哪里不一样、到底怎么不一样。在对比与分析中，我感到了莫名的妙趣。不过，与白天那位对手相比，这个男人的技术简直拙劣得让人不禁心生怜悯。然而，说来奇怪的是，就在这样的缠绵之间，我竟然也和白天一样地兴奋了起来。我使出了和紧紧抱住木村一样的力气，用力地紧紧抱住这个男人，拼命地紧紧搂着这个男人的脖子。（估计这个男人会说，这才正是淫妇之所以为淫妇之处吧。）我记不清自己到底有多少次，把他紧紧地抱住、紧紧地抱住。然而，就在我持续了几分钟后，终于完成了某一行为时，丈夫的身体猛然间剧烈抖动着涣散下来，骤然坍塌在我的身上。顿时，我意识到发生了异常，试着喊了他一声。结果，他只是口齿含混地发出了一些不知所言的声音，半温不热的液体啪嗒啪嗒地打湿了我的面颊。他张着嘴，口水不停地滴落下来……

四月十八日

这种情况一旦发生时候的处理方法，儿玉医生此前曾有过交代。当场，我立刻就想起来了。我把被他重重压住的身体，从他的身下静静地向旁边挪了出去。（他的身体一旦涣散下来，体重便陡然增加了似的，死沉沉地压着我的身体。还有，我竭尽所能地在保持他的头部不发生晃动的同时，从他的脸下边把自己的脸慢慢地往旁边移动，费了好大劲儿才撤了出来。不过，他的眼镜很是碍事，必须要先取下来。那个时候，他半睁着眼睛，面部肌肉完全松弛下来。那张“没戴眼镜的脸”，令人恶心得难以形容。）我一个人下了床，小心翼翼地把他俯卧着的身体，极其缓慢地翻仰过来。为了使头部保持一定的高度，我又把枕头、靠垫塞在他上半身的底下。他的身上，除了眼镜之外就真的是一丝不挂了。当然，那个时候的我，除了耳环之外也是一丝不挂。考虑到安静是绝对必须条件，我决定还是保持着他的裸体状态，只是轻轻地把睡衣盖在他身上。我知道他身体的左半边全都发生了麻痹。我想应该要知道时间，便看了一眼座钟，确认是午夜一点零三分。我忽地又意识到了室内的光亮，便关掉荧光灯，只开着床头柜上的小台灯，又把灯罩的罩布重新盖好。之后，我往关田町和儿玉医生那边打了电话，请他们马上赶过来，并吩咐敏子在来的路上去一趟冰店，叫醒店家买十五斤冰块。(我本想着要保持镇静，但拿着电话听筒的手却抖个不停。) 大约四十分钟后，敏子到了。我去厨房找冰袋冰枕，敏子提着冰走了进来，把冰放在洗碗槽旁边，迅速地用闪着光的敏锐眼神扫了一眼我的表情，然后以若无其事的样子开始把冰敲打成小块儿。我跟她简要说明了爸爸的情况。她面不改色，神情自若得仿佛早已料到如今，脸上一副既然如此也无需惊讶似的淡定，只是一边点着头，一边"嗯、嗯"地回应，手下却还继续着分割冰块的动作。然后，我们两个人去了卧室，放好冰袋冰枕给病人的身体降温。除非必要，两个人都默不作声，互相也都没有看一眼对方的脸——既避免着把自己的目光投向对方的脸，也有意回避着对方的目光。

凌晨两点，儿玉医生到了。我把敏子一个人留在病榻枕边，自己在病房外边迎接儿玉医生，并对医生说明丈夫发病前后的情况，包括没有说给敏子的一些情形也都大概讲述了一遍。讲的时候，我又羞红了脸。儿玉医生的诊察十分用心，而且谨慎。医生说："请给我用一下手电筒。"然后用来照射瞳孔检查对光的反射情况。他问："有没有什么像筷子之类的小棍儿?"敏子便从厨房拿来了方便筷子。接着交代打开荧光灯，说："房间要亮一些，需要开一会儿。”然后，医生用那根小棍的尖部，在丈夫右脚掌和左脚掌的表面上，反复几次从脚跟向着趾尖轻缓地划过。（儿玉医生后来说那是巴宾斯基反射检查，通过小棍划过时的反射情况加以判断，如果哪边的脚趾出现反射性上跷的话，就可以认定是与之相反的一侧发生了脑溢血。他还说，不得不考虑，很有可能是丈夫右侧大脑局部血管破裂。）接下来，他揭开丈夫的被子，又把丈夫身上盖着的睡衣掀开到下腹部一带。（直到那时，儿玉和敏子才注意到，丈夫是赤条条地躺在那儿的。在明亮的荧光灯下，丈夫的下半身裸露了出来。两个人似乎都微微地吃了一惊，我也是越发地难为情了。简直不敢相信，就在刚刚的一个小时之前，这个人的这个身体，竟然还在我自己的身体上。我曾屡屡地被这个人脱得精光，自己赤裸裸的身体也被这个人反反复复地看了个遍，甚至不知道有多少次被拍了照片。与之相反，我此前从未像现在一般，以这样的角度端详着他那以全身像出现的裸体。当然了，若是想看，也容易实现。但是，实际上我一直都在努力避免。当他赤裸着的时候，我都是尽可能地贴近了他，抱紧了他，故意不让自己的视野里能够出现一个完整全身像的裸体。他对我身体的每一处、每一个细节都作了细致的勘查，甚至连毛孔的数目也详尽地调查了个遍。不过，我却对他的身体不甚了了，甚至不如对木村的身体了解得多。而且，我也不想知道。不难想象，如果知道了的话，也只是更加厌弃罢了。我竟然跟一个身形如此贫弱的男人睡在一起，简直太不可思议了。他曾说我是O形腿，是蟹腿，可他这个姿势躺在那儿，明显可以看到双腿向外弯曲得厉害。实际上，和我的比起来，他无疑有过之而无不及。）医生把病人的两只脚侧向分开，大约间隔一尺五六寸，以便清楚看到睾丸。然后，他拿着刚刚取来的那根筷子，和之前检查脚掌一样在睾丸根部两侧皮肤上划动。（随后，他解释说是观察提睾肌的反射情况。）医生就那样左右两侧交替着划了一遍又一遍，发现右侧睾丸像鲍鱼蠕动似的一上一下缓慢移动，而左侧睾丸却几乎没怎么动弹。（我和敏子看在眼里，都觉得为难。敏子索性出门走开了。）然后，是体温和血压的检查。体温正常，血压超过一百九十。这大概是因为出血的缘故，数值多少下降了一些。

足足一个半小时以上的时间里，儿玉医生一直坐在床边的椅子上观察病情。这期间，从手臂静脉抽血一百克，又注射了兑入氨茶碱、维生素 B_1、维生素 K 等药剂的百分之五十浓度的高渗葡萄糖。离开的时候，又交代说："下午我会再来查看病情，不过最好能拜托相马博士来诊察。"其实，即便他不说，我也打算要请的。我问："有必要通知亲戚吧？"儿玉医生回答说："还是继续观察一下情况之后再说吧。"儿玉医生离开的时候，已经是凌晨四点了。出门送他的时候，我拜托他帮忙尽快介绍一个护士过来。

早上七点，女佣来了之后，敏子便说下午会再过来，然后就回关田町去了。

等着敏子出门走远了，我便往木村那儿打了个电话，详细地说明情况，叮嘱他眼下先不要来探视。他说他心里记挂着，希望我能允许他过去稍微看一下。但我还是跟他讲了自己的考虑，因为病人虽然半身不遂，且伴有失语症状，可意识却似乎并未完全模糊。他便说，那就不进病房吧，只要能到大门口就好。

九点左右，丈夫开始打鼾。丈夫常有打鼾的毛病，但今天打得格外响，让人觉得不同寻常。此前似乎还有着朦朦胧胧的意识，却不知从何时起仿佛进入了昏睡状态。我又给木村打了个电话，告诉他看现在的情形，进病房也是无妨的。

十一点左右，儿玉医生打来电话，告诉我说，他已经与相马博士取得了联系，商定下午两点前往出诊，自己也会陪同在场。

午后，过了十二点半，木村来了。今天星期一，他是趁着课间抽空赶过来的。进了病房后，侍坐在枕边约有三十分钟。我也陪在一旁。木村坐在椅子上，我坐在丈夫的床上（因为我的床上躺着病人），说了几句话。就在这个时候，病人的鼾声骤然间如雷鸣般高亢起来。（真是在打鼾吗？我不禁心中生出一丝怀疑。木村注意到我脸上浮现出疑惧的神色，似乎也有同感。但是，两个人当然都没有说出来。）午后一点，木村辞别离去。来了一位护士，姓小池，模样很可爱，年纪约莫二十四五。这时候，敏子也回来了。我终于腾出空来，吃了饭。从昨晚到现在，我还什么都没吃呢。

两点，相马博士来出诊。儿玉医生也一同来了。与今晨相比病情有所变化，陷入昏睡状态，发热到三十八度二上下。博士的看法大体上和儿玉医生并无不同。博士也做了巴宾斯基检查，但没做睾丸两侧的划擦测试（就是所谓的提睾肌反射）。放血治疗是不宜做的，这听起来倒颇像是博士给出的意见。此外，博士又对儿玉医生说了好多专业术语，交代了一些注意事项。

博士和儿玉医生离开之后，指压师傅又来了，说是今天也要治疗。敏子走出去，语带讽刺地说："拜你所赐，把我父亲治成了这个样子。"便把他撵走了。敏子应该是听到儿玉医生刚刚说的："那样大强度的指压，超过了两个小时的话并不好，或许这正是直接原因的所在。"（儿玉医生知道真正原因另在别处，或许是考虑到要对我稍加宽慰，便把责任转嫁给了指压。）女佣频频道歉，说：“是我不好，介绍了那个人来，真是大错特错啊！”

过了三点，敏子说：“妈妈，去稍微躺一会儿吧。”我便决定睡一会儿，却又没有合适的地方。卧室里躺着病人，敏子、护士也在那儿。茶室里的话，这个时候也常有人出入。敏子的房间倒是空着，不过，她的房间即便自己没住着，也讨厌别人使用，而且连壁橱、书箱、书桌抽屉等等也都悉数上了锁，所以我以前也绝少进去。这样，我也只好选定二楼的书斋，在地板上铺好被褥躺了下来。估计在今后的一段时间里，这儿就会是护士和我换班休息的地方了。我躺在那儿，却怎么也睡不着，索性作罢。更何况，我更想把昨天以来的事情记录下来，趁着这个空儿正好写日记。（其实，我刚刚上楼之前，就已经有此打算，便趁着敏子没注意，把日记本和笔、砚台盒都带了上来。）花了一个半小时，我把十七日早晨到现在的事情记录完毕，然后把日记本藏在书架后面，又装作是刚刚睡醒的样子下了楼。那时，是将近五点。

我进了病房，看见病人似已从昏睡中醒来，不时地微微睁开眼睛看着四周。据说这样已经有大约二十分钟了。这样算来，病人从今早九点开始已经连续睡了大概七个多小时。护士小池说，如果持续昏睡二十四小时以上的话就会很危险，但病人的情况看来还行。虽说如此，可左半身依旧不能活动自如。

五点半左右，病人从嘴里发出含混的声音，看样子是要说些什么。（发音虽不清晰，但我觉得自他发病后不久，自己便似乎能稍微听出他的意思来了。）右手稍稍动了动，指向腹部下方。我觉察到他是要小便，便放好便壶。他却没有排尿，脸上还似乎频频现出焦灼的样子。我问："是有尿吗?"他点了点头。我放好了便壶，他却没有排出来。我想应该是膀胱发生了麻痹，以致无法排尿，因尿液长时间积存而导致下腹胀得难受不堪。我打电话给儿玉医生，按照他的指示，让小池用导尿管给病人导尿。尿量很大。

七点，用吸管给病人喂食少量牛奶和果汁。

十点半左右，女佣回了自己的家。她说因为家里有事，实在不能留下来夜间陪护，只能到这个时间。敏子说："我怎么办呢?"我察觉得出她话里有话，应该是说虽然也可以留下，但又顾虑留下的话，或许反而会有不便。于是，我回答她说："留下也可，不留也行。病人的情况似乎也还稳定，所以也不用担心。如果病情突变，也可以马上通知。"她说了句"也是啊"，便也离开，回了关田町。那时，是十一点。

病人昏昏沉沉的，但似乎并未熟睡。

四月十九日

半夜零点，我和小池在病房，都沉默不语。我调了调台灯的光线投射角度，避免照到病人，然后读读报纸、杂志，消磨时间。我劝小池到二楼去休息一下，可她不愿去睡。五点左右，夜色消退，天色渐明，她才终于去睡了。

从雨窗的板条缝隙里，阳光照射了进来，病人似乎更加无法安眠。不知什么时候，他睁开了呆滞无神的眼睛，把脸朝向着我这边，或许是在用眼睛搜索着我的身影。我不清楚他是没有看到我坐在旁边的椅子上，还是明明看见了却假装没看见。他动了动嘴，说着什么。声音含混，听不清，也听不明白。但有一处，我听得清楚真切。当然，可能只是自我感觉听清楚了，也许就是心理作用。我觉得他仿佛是在说：木——村。其实可以肯定，我听得绝对没错。（或许他想努力把其他话也说得更清楚些，但可能又想藏羞便故意地啊哦咿呀着含糊其词。）重复着说了两三遍，然后又沉默下去，闭上了眼睛……

七点左右，女佣来了，稍后敏子也来了。八点左右，小池起床下楼。

八点半，给病人喂食早餐。稀粥一碗，还有蛋黄、苹果汁等。我用羹匙舀着喂给他吃。跟小池护士相比，病人似乎更愿意让我来照顾。

十点过后，病人似有尿意。我放好了便壶，却还是没有排出尿来。小池便准备导尿，但病人似乎很是厌恶，笨拙地用手比划着，仿佛要让人把导尿管拿开。没办法，只好又放好便壶。过了十几分钟，依然没有排出来。病人显得非常焦躁。小池又拿来了导尿管，像给小孩子讲道理一样地哄劝道："感觉有点别扭是吧，但用这个的话，就可以全都排出去了呀，那不就好了嘛。好吧，试试看呀，一遍就好了，然后就会轻松了哟！"可病人一边反反复复地说着些不明所以的话，一边又努力用手比划着什么。小池、敏子和我，三个人屏息凝神仔细地听，努力去分辨他的意思。结果，我们大概猜出来了他的意思，似乎是在朝着我说："如果要导尿的话，那就你来吧。敏子和护士去那边待会。"不过，导尿管只有护士才会操作，所以也只能让小池来做。我和敏子又跟他说了好一阵子，他才勉强同意。

中午，病人进食午餐。吃的大体上是同样的东西，不过食欲看似相当不错。

午后十二点半，木村来了。我走出门去告诉他，病人已经从昏睡中醒来，意识可能也在一点一点地恢复，还似乎从嘴里说出了木村的名字，等等。然后，让他回去了。

下午一点，儿玉医生来诊视病情。说是病情良好，虽然也不能大意，但就目前的情况来看，恢复得还很顺利。血压是高压一百六十五、低压一百一十，体温降到三十七度二。今天也做了巴宾斯基反射和提睾肌反射的检查。（在做提睾肌反射检查的时候，我有点担心，不知道病人会做出怎样的表情。他面无表情，目光空洞地望向虚空，任由摆弄。）然后，静脉注射葡萄糖、氨茶碱、维生素等药剂。

丈夫得病的事，我们尽量没有告诉别人，但还是渐渐地被学校方面知道了。从午后开始，便不时地有人来探病，或是打来电话，收到不少水果篮、鲜花等等。关田町的夫人也来探视，知道了病人所患的是与自己丈夫相同的病之后，表示出极大的同情。她带来了丁香花，说这也是自家院里栽植的，然后辞别离去。敏子把花插到花瓶里，带去了病房，说："爸爸，房东夫人剪下院子里开着的丁香，送了过来。"然后把花瓶放在了病人看得清的地方。收到的水果中有病人喜欢的伊予蜜柑，于是便用榨汁机打成果汁给病人喝。

三点，我拜托敏子和小池在病房陪护，自己上了二楼，写完日记后睡了一觉。连日里睡眠不足，所以今天睡意浓厚，沉沉地睡了大约三个小时……午后八点，敏子在晚饭后不久，便抽身离去。九点半左右，女佣也走了……

四月二十日

深夜一点，小池上楼睡觉去了。之后，我一个人在病房陪护。病人从入夜后不久便一直昏昏沉沉地睡着。但是，就在小池离开十几分钟之后，我隐隐地感觉到病人似乎是醒了过来。病人躺着的地方光线暗淡，我看不清楚，但觉得他的身子微微地动弹着，嘴里还咕哝咕哝地似乎在说着什么，便悄悄地瞥了一眼。果然如我所料，病人不知何时已经睁开了眼睛。那双眼睛越过我的脸，望向更远一些的地方。那是敏子插的丁香花。病人的目光似乎贯注在那儿。台灯的光线几乎全都被遮蔽着，散出来的光亮很微弱，顶多就是能读读报纸的亮度。然而，也正是在那光线的尽头，在微晕的光影中，丁香微微地泛着白，静静地散着芳香。他盯着那白色的花影，却似乎也不是在有意赏看，目光里仿佛若有所思。我无来由地心里一惊，想起了昨天敏子拿花进来时说的话："房东夫人剪下院子里开着的丁香，送了过来。"当时，我便想现在也不用把那个说给病人听啊，纳闷敏子说那个到底是有什么打算。当时，病人或许听到了那句话。即便没有听到，现在看见了花，大概也会联想起栽着那棵丁香树的关田町的院子。然后，还会回忆起那间屋子，回忆起在那里的晚上所发生的一件件事。也许，是我想得太多了。不过，一看见病人的眼睛，我就不由得感觉自己仿佛看到在那空洞的瞳孔深处，浮现出了与那件事相关联的种种幻象。我慌忙调了一下台灯的角度，把光线从那丁香上挪开……

早上七点，我把丁香连同着花瓶从病房里拿出去，取下丁香，换上了原先插在玻璃花瓶里的蔷薇……

午后一点，儿玉医生来诊病。体温降到三十六度八，血压却有再次上升的倾向，高压一百八十五，低压一百四十。于是注射了氨茶碱。今天也有睾丸的检查。我送医生到大门口，说明了一些病人的情况：膀胱仍然是麻痹着的，今天早上也是小池帮忙导尿；每次导尿的时候，都会显得十分焦躁；很敏感，一点小事也会触动神经，似乎容易亢奋；手脚不听使唤，也让他更加烦躁。我和医生商量之后决定给他使用鲁米那，以起到镇定与安眠的作用……

敏子今天一上午也没露面，傍晚五点左右的时候来了……十点左右，病人的鼾声响起。这次与前天那种异样的鼾声不同，听起来应该是平常熟睡中的那种鼾声，想必是刚刚晚饭后注射的鲁米那起了作用。敏子凝神观察着病人熟睡中的面容，说：“情况还不错，看样子睡得很香嘛!”没多久，便抽身离去。随后，女佣也走了。小池听了我的建议，到二楼睡觉去了。临近十一点，电话铃响了。我去接电话，原来是木村。他说：“这个时间里，真是抱歉。”（我猜会不会是敏子告诉了他，现在这个时候是我一个人在。）木村想知道上次他走之后的情况。我大致讲了一下，又说今晚因为注射了镇静剂，病人现在打着鼾睡熟了。他说：“现在，我过去稍微看一下吧。”我在心里琢磨着这个“看一下”所指的到底是谁，嘴上尽可能地压低了声音，凑近话筒答道：“到了的话，我会从房子后门出来。在那之前，希望你就在院子里等，绝不能按大门的门铃。如果我没出去，希望你能明白是情况不便，就返回去吧。”十五分钟之后，院子里有了轻微的脚步声。病人依旧打着鼾，安然沉睡。我引着他从后门进来，在女佣房间里，说了大约三十分钟话……返回病房时，鼾声仍旧安然……

四月二十一日

午后一点，儿玉医生来诊察。量了血压，高压一百八十，低压一百三十六。比昨天稍微降了一些，但也不能说是可以放心了。据说，高压至少要降到一百七十多，而且高低压之间的差值也要有五十以上才行。体温是三十六度五，逐渐回到了正常值。排尿情况也有好转，今早用了便壶，虽然还是很吃力但也能排出来了。食欲相当不错，端过来的食物都能吃得下，但目前也只能给他吃稍微浓稠一点的流质食物……

两点，我拜托小池看护病人，自己上了二楼。写完日记之后，睡到五点。下了楼，去病房，看见敏子已经来了。五点半，今天也照例在晚饭前三十分钟的时候注射了鲁米那。儿玉医生交代过，药物要在四五个小时以后开始发挥效用，于是每天都在这个时间注射，以便使病人能在夜间睡得安稳踏实。只不过，我跟小池叮嘱过，对病人不要说是安眠剂，而是说降压药……

……六点，盛放着晚餐的食案放到床头柜上的时候，病人似乎有什么话要说似的动了动嘴。他重复了两三遍，在说着同一件事，但我没有听懂。我用勺子舀了粥送到他的嘴边，但他用手做出要推开似的动作，继续动着嘴要说话。我以为他是嫌我伺候得不好，就拜托敏子、拜托小池来替我喂饭，结果还是一样。看来，并不是喂饭的事儿。不过，病人所说的意思，我也渐渐地明白了。病人从刚才开始一直在说的是：牛——排、牛——排。太过突然，让人倍感意外，但我觉得他确凿无疑是那么说的。牛——排、牛——排，一边说着，一边向我投来饱含深意似的眼神，旋即又闭上了眼睛……病人不懈努力着想要传递的深意，我倒是能猜得出，但其他两个人应该是不会明白的吧。（敏子可能会懂）。我极轻微地摇了摇头，避免被那两个人觉察，又向他暗示道："现在可不能惦记着那个事，暂时还是要忍耐一下的。"我不知道病人是读懂了，还是没懂。不过从那时起，他便也不再说那件事了，而是很配合地张开嘴，把我送过来的粥喝了下去……

八点，敏子离去。九点，女佣离去。十点，病人鼾声响起，进入了熟睡。我让小池去了二楼。十一点，听见院子里有了脚步声。从后门，把他领去了女佣房间。十二点，他离去。鼾声仍旧持续着。

四月二十二日

病情也没有什么异常的变化。血压较昨日略有升高。因为安眠药物的作用，夜间似乎睡得很安稳。不过，白天里似乎动辄会有些不清不明的事情在大脑中浮现出来，时时引得病人心绪不宁，稍微焦躁起来。按照儿玉医生的说法，一天要睡够十二个小时，但实际上病人真正熟睡的时间大概不过六七个小时，其他时候虽然看似昏沉，却也不能确定是否真的睡着了。（依照多年以来的经验，我大体上判断得出，他不打鼾的时候是处于浅层睡眠，至少是在半睡半醒的状态中。不过，现在就不好说了，我甚至有点怀疑那个鼾声，现在的鼾声也有可能是他在弄虚作假。）征得儿玉医生的许可，我决定从明天开始把鲁米那增加为每日使用两次，上午一次、午后一次……

……一如此前的时间，敏子离去，女佣离去。十点，病人的鼾声响起。十一点，院子里有了脚步声……

四月二十三日

自从发病以来，到今天是一周。上午九点，早饭后，小池收拾餐具去了厨房。病人见屋里只剩下了我和他两个人，便翕动着嘴唇，说："日——记、日——记。"和昨天说的"牛——排"比起来，今天的吐字更为清楚。说着"日——记、日——记"，大概是心里惦记着日记的事儿。

我说："真的是想要写日记吗？不过，还不行哟！"

他摇着头说："不是。"

我又问："不是吗？不是日记吗？"

他说："你的日记……"

我接着问道："我的日记？"

他点了头，说："你——你把日记——怎么了呢？"

我不怀好意地装傻，说："我从来不写什么日记啊，这个你不会是不知道吧。"

听了我的话，他的嘴角淡淡地浮出一缕无力的冷笑，点了点头，仿佛是在说："呵呵。是嘛。懂得咯！"笑容很淡，也很轻微，不过却是病人第一次露出的笑脸，而且是包藏着未解之意的谜之微笑。小池收拾好病人的食案，送去厨房，然后自己也在茶室里吃了饭，十点左右的时候返回了病房。然后，默不作声地准备在病人胳膊上注射鲁米那。病人询问道："注射的什么？"病人似乎怀着些许疑虑，因为以前从没在上午的这个时间里注射过。小池回答说："因为血压还是有点高，所以要注射降压药剂。"

下午一点，儿玉医生来诊察。二点半左右，病人鼾声响起，我便上二楼去了。但是，当我五点时下楼来，竟然发现鼾声已经停止了。问了小池，才知道病人处于真正熟睡状态还不到一个小时，之后看样子似乎一直在梦境与现实的边界内外彷徨。如此看来，即便使用安眠药物，也无法像夜间那样安稳入睡。晚饭后，注射了第二次……

十一点整时，院子里有了脚步声……

四月二十四日

发病以来，今天是第二个星期日。早上开始有二三个人来探望，都没有请到屋里来。儿玉医生今天不来出诊。病人未见异常变化。两点左右，敏子来了。这段时间里，她每天都是傍晚来，然后在病房里留上两三个小时。今天倒是很出奇，白天就到了。在父亲雷鸣似的鼾声里，敏子开口道："今天来客不多啊。"边说边察看着我的表情。见我什么也都没说，就又没头没脑地说道："妈妈，好久都没有去买东西了吧……难得的星期天呢，去呼吸一下外面的空气吧！"我的心底泛起一缕疑问，究竟是她自己的个人想法呢，还是受他所托呢……他若真有此意，昨夜里也应该稍有暗示呀，可事实上却丝毫未曾提起……难道是觉得难以直接对我说出，便转而假借敏子之口吗？又或者，是敏子擅作主张，耍了心机？……忽地一下，我的心头涌现出一幅画面，就是现在，此时此刻，就在大阪的那个屋子里，他正热切地盼望着我的到来……或许，那就是真的呢！但稍一转念，我又意识到自己的幻想竟是如此荒诞无稽，旋即便打消了心中的念头。打消了，又再打消，但还是无法放得下。正在满心焦灼之际，那虚妄幻想再次汹涌袭来，如果他真的是在等着我的话可怎么办呢。可是，我的心里还是怀着诸多顾虑。无论怎样，今天的我根本就没有时间去那儿了，离开家那么长时间的话可怎么能行呢，至少也得等到下一个星期天吧。不过，我确实还在心中惦记着些小别的事情，便跟敏子交代道："要不，我就到锦市场那边买点东西去。一个小时之内就回来。"三点过后，我出了家门。急匆匆地拦了一辆出租车，一路疾驰到御幸町的锦小路。我首先要准备好采买食材的证据，便在锦市场买了麦麸、豆腐衣和一些蔬菜。随后，便步行去了寺町三条商店街。在以前常去的纸店买了十张大幅面的雁皮纸、一张用作封皮的厚纸，让店家裁成我的日记本大小，并小心妥善地包好。我把纸放在购物袋中的蔬菜下面，随后在河原町大街拦了一出租车——不过，还有一件事是不能漏写的。我在蔬菜店给他打了个电话。他说："没有，今天哪儿都没去，就在家里了。"听语气，似乎他还在心里惦记着是否可能与我幽会。不过，也就仅仅说了一两分钟。稍过四点，我回到了家。（或许多多少少是超过了一个小时的。）我把装着雁皮纸的包裹藏在大门边的伞筒后面，然后把购物袋交给了厨房里的女佣……病人似乎还在睡着，但鼾声已经停下了……

……我一直在心里惦记着的，是"你把日记怎么了呢"这一句病人昨天说的话。对于我在写日记的这件事，丈夫在表面上本来一直都是佯作不知的，究竟为什么会在突然之间把这件事说了出来呢？或许是因为头脑混乱了，以至于在稀里糊涂之间忘记了这本应是他不知道的事情。又或者，他的意思是说：“我认为，已经没有必要再佯作一副并不知情的样子了。”我当时在情急之下，竟一时不知如何回答才好，未及多想便随口回了一句“从来不写什么日记啊”。他说了句“懂得咯”，嘴角现出了诡异的笑容，真正的意思莫非是说：“还是别再故意装傻了吧！”不管怎样，丈夫肯定是想知道我在他发病之后是不是还继续写日记，如果是继续写的话，肯定是想让我读给他听。我不由得揣度着他的居心，看现在的情形，他当然是无法去偷读的，索性便明目张胆地来征求我的许可，所以才流露出了那样的一句话。如此说来，为了防备他公然地提出要求，我必须得早作打算。从今年正月到四月十六日的日记，倒还好说。如果被他索要的话，我随时都可以把这一部分给他拿出来，放到眼前，由他去看。但是，我绝对不能让他知道日记还有十七日以后的部分。我盘算着自己可以跟他这么说：“这本日记，你是自始至终都在偷看的。藏起来也没有意义，拿给你看实际上也没什么必要。如果你坚持要看的话，那就随你看去吧。不过，你若看了就会明白，日记到十六日就终止了。自从你生病以来，我一直都忙于看护，根本就不可能再写日记了，甚至连写东西用的材料也都没有。”然后，我就翻开那个日记本，务必要给他亲眼看到十七日以及以后全都是空白，才好让他放心。我之所以买来了雁皮纸，就是为了要把日记一分为二，将截至十六日的和十七日及以后的分成两册，重新装订……

……因为在午睡时间里出了门，我回到家后还要稍作休息，便从五点开始上楼待了大约一个半小时。六点半下楼的时候，我把日记本带着去了茶室，放进收纳柜的抽屉里。晚饭后，敏子八点离去。十点，我让小池去二楼。十一点，院子里有了脚步声。

四月二十五日

……午夜零点。送他出去之后，我把后门关好。之后的大约一个小时里，我留在病房中，凝神细听病人的鼾声。当我确认他进入了熟睡状态，便开始着手装订日记本。我大概花了一个小时，把日记分别装订成两册，然后把截至十六日的部分收在收纳柜的抽屉里，把十七日以及以后的部分带去二楼藏在书架上。两点过后，我返回病房。病人一直睡着……

午后一点，儿玉医生来诊察。并无异常变化。这段时间里，血压一直在一百八十以上到一百九十左右的区间里上下浮动。儿玉医生稍显忧虑地说："怎么就不能稍微再降下来一点呢？"白天里，病人似乎依旧无法安然沉睡……

十一点，院子里有了脚步声……

四月二十八日

十一点，院子里……

四月二十九日

十一点，院子里……

四月三十日

午后一点，儿玉医生来诊察。……他建议说，最好是下周尽早请相马博士来诊视一下。……

……十一点，院子里……

五月一日

病发以来，这是第三个星期日……敏子来了。还是与之前星期天一样的时间，在午后两点现了身。正如我的预料。她煞有介事地确认了父亲睡眠中的呼吸，然后压低了声音劝我道：“妈妈出去买买东西吧，顺便也散散步，权当作是透透气吧。”我应了句：“怎么办呢?”见我有些踌躇，敏子接着又道：“爸爸没问题，刚刚不是睡着了嘛……去吧，妈妈。今天，关田町那边白天里就已经烧好了泡澡水哟，顺便舒舒服服地泡一泡吧。”我隐隐察觉到其中似有什么缘故，便开口应道：“那我就出去一两个小时。”三点左右，我提着购物袋出了门，然后直奔关田町而去。房东夫人不在，木村一个人在屋里。他说是被敏子叫过来的。之前敏子打电话给他说：“今天夫人去和歌山，直到夜里很晚都不在。我现在也要去病人那边，想麻烦你过来两三个小时帮忙看家。到傍晚，我就回来了。”原来如此。泡澡水虽说是没烧，反倒是有个木村在这里……一晃之间，大概已经有半个月了，一直也都没能从从容容地好好说说话。话虽如此，却还是不由得心旌摇荡起来，怎么也无法平静……

五点，撇下他一个人，我离开了关田町。时间不够了，担心着病人是不是都已经醒过来了，我急匆匆地在附近的市场买了东西，赶回了家。

敏子见了我，说："回来啦。这么早啊！"

我问："爸爸呢？"

她回道："今天很难得睡得很好。睡了有三个多小时。"

我听得鼾声高亢，知道她所言非虚，又听得小池说道："亏得有小姐在，我也去泡了个澡。"我看了一眼小池，果然是刚刚出浴的样子，脸色润泽，看上去水润光滑。哦，哦，原来是……啊！小池去了外面的澡堂呀！猛然间，我的心里咯噔了一下，隐隐感到其中必有蹊跷，肯定是敏子耍心机干了什么勾当。自从丈夫卧病以来，家里的浴缸也就没怎么用了，只烧了两三次洗澡水。现在，我、小池、女佣，大概是每隔一两天，白天去外面的浴池洗澡。今天本来也是应该轮到小池去洗澡的日子，倒也没什么好大惊小怪的。但是，敏子把小池去浴池的情况考虑在内，又把我支了出去，莫非是为了制造出一个只剩下她和病人两个人的机会吗？我一不留神失了算，未料到竟然会弄出这么一个空子。要在平常的话，我当然会有所警惕（我早就知道小池泡澡时间长，都要花上五六十分钟），可一听见她说"关田町那边已经烧好了泡澡水"，便怦然心动起来，以致乱了方寸，失了防备。我心里暗自叹了一声"糟糕"，便把病人拜托给她俩，说了句"我去睡个午觉"，匆匆上了二楼。

我径直取出藏在书架后边的日记本，想要确认一下，却无从查明。只怪自己的心机不够深，竟至于没想到事先用透明胶带封好，即便是被人偷看过了，却连个证据都抓不到。不过，我转念一想，又觉得或许不过是自己疑心生暗鬼罢了。也许是自己心机太过了，还要把日记本分成两册，后一部分单独藏在了二楼书架。如此这些，他们怎么可能会知道呢！这样一想，我稍稍释然，放下了那颗紧悬着的心。这事儿算是告一段落了，不过……午后八点，敏子回关田町去了。一想到关田町，我就又想起了那件事，觉得有蹊跷，总还是不能释怀。于是，我去了厨房，打算跟女佣问问看。我问女佣今天下午我外出之后，有没有谁去了二楼书斋。结果，她说："噢，噢，小姐上去了。"让我颇感意外。听她的话，是在我出去之后十五分钟左右，小池去了澡堂。随后没多久，敏子上了二楼，不过两三分钟就下楼返回了病房，"像是在和先生说着些什么"。我听了，觉得有些纳闷，便说："可是，病人不是应该还打着鼾呢吗?"女佣回道："那个鼾声，谁料想却突然停了下来。"接着，敏子"和先生说了一会儿话，之后上了楼，却又马上就下来了。在那之后，小池就从澡堂回来了"。我又对女佣说："可是，傍晚我回来的时候，病人的鼾声还响着呢啊。"女佣答道："夫人不在家的时候，鼾声是没有的，在您回来之前又开始了。"

果不其然，疑心生暗鬼恰恰真是撞到了鬼。原以为是自己想多了，现在看来还真不是想多了。事到如今，情况逐渐浮现出来，但其中有些地方还是不甚了了。于是，我便把敏子今天的行为按顺序推演了一下：午后三点，巧设口实把我支走。之后，让小池去澡堂。之后，病人自己醒来告诉敏子，也可能是敏子主动向病人问起，其间情况不得而知，总之她知道了我的日记本放在茶室收纳柜里，并把它找了出来，拿到病人枕边。病人发现这本日记所写内容是到十六日为止，料想其后的部分必然秘密藏于某处，便说自己想读的恰恰是那一部分，并拜托敏子去找来。于是，她去了二楼，在书架那边搜索一番，结果发现了日记本，随后便拿着去了病房，给病人看，或者是读给他听。然后，又拿着日记上二楼，放回了原处。之后，小池回来。病人再次假装熟睡。

我的推测大致如此。不过，这些事情就在我外出的短短两三个小时里，竟然能如此顺畅地推进，还真是超乎想象。于是，我又想起了上个星期日（四月二十四日）也被敏子劝说着下午出去了一趟的事情。如此说来，敏子的这个计划该不会是从那个星期日开始就已经着手实施了吧。在此之前，病人在二十三日星期六早晨，趁着屋里只有我们两个人的时候，就顺嘴说出了“日——记、日——记”。其实在那个时候，病人要看我日记的企图已经很明显了。二十四日午后，我不在家的时候，病人在敏子和小池（那个时候，小池可能已经去了澡堂。关于这一点，女佣说她也记不准了）的面前，也有意无意似的说出了同样的话。病人没有得到我的配合，便转而向敏子提出了自己的诉求——不得不说，这种可能性是最大的。记忆中，我并未曾向敏子透露过自己日记的事。不过，她也可以通过木村，或者是在其它的某些细节之中有所察觉吧？何况，若是病人直接说了出来，岂不是会更直接地获得提示吗？我能想象得出当时的画面：病人指着茶室的方向，说：“橱——柜——”敏子便去茶室搜查收纳柜的抽屉，却发现日记本竟然没放在那里。然后，敏子突然想到了似的，说：“对了，肯定是在二楼哟。”于是又去二楼搜索。总之，情况应该大致如此。首先，在上周日，知道了我十七日以及之后也在写日记。然后，在今天的星期日，又知道了我出于心机重新把日记分别装订成两册，一册放在二楼，一册放在一楼的事情——这是很有可能的。

眼下，我的困惑在于假如这一推测是对的，那么从此以后的日记要怎么办才好呢？我的日记一旦开始，纵然遇到困难阻碍，也坚决不会中途放弃。既然如此，那就要想办法在最大程度上避免再被偷看。从今天起，我不再利用午睡时间在二楼写日记，而是要等到深夜，等到病人和小池都睡着了之后再写，然后藏于某处……

六月九日

好长一段时间里，我都没有写日记了。日记停止在上个月的一日，也就是病人病情复发离世的前一天。从那以后直到今天的三十八个日子里，我中断了后续的记录。当然也是因为病人突然死去之后，种种家务杂事陡然增加，以致繁忙异常。不过，更是因为他已经死了。他死了，我也就失掉了写下去的兴致。没了对手，再写下去也是寡然无味。当然，“没了对手”这件事，至今也没有变化。所以，我可能今后也不会写日记了。至少，现在还未确定是否会决定再次开始写日记。不过，从今年正月一日以来的一百二十一个日子里持续写下来的日记，怎么说也不能就那样戛然而止，然后不了了之了，起码应该做一个大致的了结。纵是从日记的形式上来说，也是有必要的。而且，若是在这里再次回顾亡者和我在性生活方面的种种斗争，追思其间的原委情由，想来也并非全属徒然。故人所遗留下来的日记，尤其是今年正月以来的日记正可以拿来仔细阅读，用来与我的日记互相比对、互相印证。如此一来，斗争的痕迹则必然历历在目。更何况有些事情，在故人生前因有所忌惮而未曾记录，如今倒是可以拣选一些录于最后。因此，我自己也有意为那本过去的日记，画一个句号。

病人的死，事发突然。这一点我前面已经讲过了。我并不知道准确的死亡时刻，不过应该是在五月二日凌晨三点前后。当时，护士小池在二楼睡觉，敏子早已回了关田町，陪护在病房里的就只有我自己。凌晨两点左右，我见病人一如往常地安然地响起了鼾声，便悄悄地离开病房去了茶室，记录四月三十日到五月一日之间的事情。选择这个时间，是事出有因的。丈夫发病以来直到四月三十日，我一直利用每天的午睡时间，在二楼偷偷记录前一天午后直至当天午后的事情。但是，在五月一日星期日那一天，我意外得知自己秘密记录的第二本日记，竟然已遭病人和敏子偷看，于是当天便没有继续在往常的时间里去二楼写日记，而是选择在深夜里执笔记录，并且决定变更日记本的藏匿之所。（因为一时间还未想到合适的地方，我便暂且还把日记本在原来的地方收好，之后便下了二楼。夜里，等到敏子、女佣都已离去，趁着小池上楼睡觉之前的少许工夫，我赶紧上楼取出日记本，揣进怀里，又下了楼。紧跟着，小池就上了楼去。那时候，我还是没有想到合适的藏匿之所。我的心里非常焦虑，一直都在琢磨着。如果今晚能想得出来自然是好，实在想不出来的话，只好把茶室壁橱的顶板拆下一块，再把日记本藏进去。）因此，在五月二日凌晨两点过后，我进了茶室，取出揣在怀中的日记本，开始记录四月三十日傍晚以后的事情。忽然，我发觉刚刚还听得清楚的病人的鼾声，竟然不知从何时开始已经一点儿都听不见了。病房与茶室之间只隔着一道薄壁，但因为我专注于记录，以致浑然未觉。当时，我刚好写完“……从今天起，我不再利用午睡时间在二楼写日记，而是要等到深夜，等到病人和小池都睡着了之后再写，然后藏于某处……”这一段，猛然觉察到了异常。停下笔，仔细地听了听。然而，隔壁病房里似乎再也没有声音传过来。于是，我把还未写完的日记搁在桌面上，赶紧起身去病房察看。病人安静地仰卧着，脸朝着屋顶，宛如熟睡一样。（病发的那天，我摘去了他的眼镜。之后，病人就再也没有戴上眼镜。他入睡后的姿势大体上都是仰面朝上，因此很多时候都要看见那个“没戴眼镜的脸”。）之所以说“宛如熟睡”，是因为病房里的光线较暗。台灯的灯罩上罩着布，以避免让光线直射到病人。病人躺在光影暗弱之处，面部的情状一时间难以确认得清楚。我在椅子上坐下来，缓了一口气，定睛观察躺在昏暗之中的病人，隐约觉得安静得有些异常，便掀起了灯罩上面的布，让直白的光线径直投向病人的脸。结果，我发现病人的眼睛半睁着，向着床脚上方的屋顶，凝然不动。

“死了”——我这样想着，靠近过去，碰了一下手，已经凉了。枕边的时钟，指向三点零七分。因此，只能说死去的时间是在五月二日凌晨两点多到三点零七分之间。而且，可以想象应该是在熟睡之中，毫无痛苦地安然逝去。如同胆小的人按捺着恐惧窥探深渊之底一样，我对着那张“没戴眼镜的脸”，屏着呼吸凝视了几分钟。忽然，新婚旅行的那个夜晚的记忆，一瞬间鲜明地浮现出来。我赶紧又把灯罩布盖好。

翌日，相马博士和儿玉医生都说，没有预料到脑溢血的第二次发病竟然如此之早。据二位医生说：在过去的话，说是过去其实也就是在十年以前，脑溢血患者的再次复发一般是在患病之后的两三年乃至七八年，复发的时候，人大多也就不行了。但是，近年来由于医学的进步，情况也有所变化。有的人在患病之后再未复发，有的人即便二次复发也会好转过来，甚至有人复发三次四次却仍旧得享天年。这样的病例逐渐增多，已是屡见不鲜的了。不过，您丈夫虽然身为学者，在养生方面却颇不注意，对于医师的忠告也不以为然。虽无法完全排除复发的可能，但复发竟如此之早，确实出乎预料。毕竟年龄还不到六十，若不复发，料将徐徐恢复健康，尚可延命数年。如果恢复得好，想必还能再享寿十几年。结果竟至于此，实在令人大感意外。相马博士和儿玉医生都是如此说法，不管他们是不是真的这么想的，人自有命数，无论怎样的名医都无法预判，两位医生的想法倒也不足为怪。不过，说实话我却不甚意外，大体上可以说是预料之中的事情发生在了预料之中的时候。预料中的事情往往并不会真如预料一般地发生。然而，我对丈夫的预测却很准确。而且，我认为即便是女儿敏子，对于那件事大概也会有同样的直觉。

因此，正是现在，我要清楚明白地梳理我们的履迹。我想重读丈夫的日记和我的日记，要在两相比照之下，回顾丈夫与我是沿着怎样的轨迹一步一步走过来，终至于以这样的形式永别。若说写日记，丈夫开始的时间很早。听说他在几十年前，在与我结婚以前就已经开始写日记了。因此，如果要对他与我的关系做一个根本性的探究，或许就要从那种年代久远的日记重新读起。但是，如我之流自然是没有资格染指那种浩大工程的。我知道丈夫的那些日记存放在二楼书斋的吊柜里，要架上梯子才能碰得到，上面覆盖着厚厚的灰尘，足足有好几十册。我根本就没有足够的耐性，去浏览数量如此庞大的记录。况且，正如故人生前自己所言的那样，直到去年为止他都尽量不在日记里写下与我之间的闺房秘事。事实上，他开始无所顾忌地把那件事——毋宁说是只把那件事写在日记中，是在今年的正月以后。与之同时，我也从今年正月开始写日记来和他对抗。如果对照着阅读正月以后的日记，把他和我分别讲述的内容加以比较，再补上其间漏掉的部分，几乎就应该会真相大白了。两个人究竟是如何地互相爱恋、互相沉迷、互相欺瞒、互相算计，终至于一方为另一方毁灭，事情的经过、其中的情形都会水落石出。所以，我认为只需重读正月以后的日记，而无必要追溯之前的部分。丈夫在今年一月一日的日记中，说我是一个“性格阴暗，嗜好窥探秘密”“向来不轻易表露心迹，于所知之事也往往佯作不晓”的女人。这一点确实如他所言，我并不否认。概括来说，他的为人的确要比我正直十倍百倍，也不得不承认他的记录中较少虚伪的成分。不过，虽说如此，他的话里却也并非绝无谎言。例如，他说：“这本日记收在书斋的哪个抽屉里，想必妻子是早已了如指掌的”，然而“绝对不屑于偷看丈夫的日记”“不过，我觉得那也未必全无可能”“从今年开始，我不再有所忌惮了”，诸如此类。不过，我早已看得明白，他的真正心思实际上是在后面的告白里：“毋宁说，我早已在心底做好了准备，甚至还隐隐地渴盼着被她偷看”。正月四日的早晨，他将抽屉的钥匙故意遗落在书架上的水仙花前，证明他在内心里急切地期盼我去读他的日记。不过，我要在这里坦白地说明，即便他不耍这样的小伎俩，我也早已经偷看了他的日记。我曾在一月四日的记录中写道：“（丈夫的日记）我也是决不会读的。我不想跨越自己所设定的并墨守至今的界限，不想进入丈夫的心理世界。我不喜欢让别人知道自己的内心，同样也不喜欢对别人心理世界的深处追根寻底”。但是，那是谎言。虽然“我不喜欢让别人知道自己的内心”，但是我喜欢“对别人心理世界的深处追根寻底”。我在和丈夫结婚之后的第二天，就开始时不时地偷看他的日记了，而且已成习惯。我“知道丈夫把那个日记本放在那个小书案的抽屉里，而且还会上锁，也知道藏钥匙的地方，有时是夹在书架上那些各种各样的书中间，有时会塞到地毯下面。这些事情，我都早已了若指掌”，而且也不是“决不会打开那本日记，也从未看过半个字”。只是此前的记录中很少涉及与我们夫妇性生活相关的问题，反而多是些令我感到枯燥乏味的学问上的事情，我自然也就极少会投入地看，但也会因为自己在偷看丈夫的日记，从而获得一点心理上的满足感。然而，他在今年正月一日的日记中写道，对于记录那件事“不再有所忌惮了”。结果，我当然是被吸引住了。早在正月二日的午后，我趁着他出门散步不在家的时候翻看了一下，就已经发现他日记的写法从今年开始有了变化。但是，我对丈夫隐瞒着自己偷读日记的原因，并不仅仅在于自己生性喜欢“于所知之事也往往佯作不晓”。实际上是因为我察觉到了丈夫的真正期望，恐怕就是想让我既偷看，又要装作根本没看的样子。

他将我唤作“郁子哟！我所痴迷的爱妻呀”，又说“她是我心底最为挚爱的女人”是“绝非虚伪之言”。我知道那是他的真实心声，并不抱有一丝一毫的怀疑。然而，同时我也希望他能明白，当初我也热烈地爱着他。我所说的“那个久已逝去的新婚旅行的夜晚……看见他从脸上摘下了近视眼镜。就在那一刹那，我的心头猛地一颤，不觉毛骨悚然”确是事实，“在今天看来，我大概是选了一个和自己在性方面完全合不来的男人”也是事实，与他相对而视则“都会毫无来由地感到一阵恶心在胸中涌动”也是事实。不过，话虽是那样说的，但并不说明我已经不再爱他了。我“生于京都的老派世家，自小在弥散着封建气息的门庭中饱受熏染”，“遵照父母之命，懵懵懂懂地嫁到夫家，一直以为所谓夫妻就是如此”，所以不管喜欢或是厌恶，也都别无他法，只能爱他。何况我“现在依然墨守伦常，十分看重那些落后于时代的旧道德，甚或还颇以之自矜”。每当我在心中感到自己的丈夫令人恶心的时候，同时也会觉得自己怀有此种情绪实在是太过浅薄，觉得自己有愧于丈夫，有愧于故去的父母。于是，我便跟这种情绪对抗，越是心生厌恶，就越是要努力让自己去爱他。实际上，我确实是能够爱上他的。要问为什么，那就是因为我自己是一副生来淫荡的体质。我的生活方式就是这样，无论如何都只能如此。当时的我，若说对丈夫有什么不满的话，那便是他没有充分满足我旺盛的欲望。不过，与其归咎于他的体力不支，莫不如说应该对自己的过度欲望感到羞耻。我因他的精力衰退而大为叹息，却全然没有因此而耗尽了爱恨，相反倒是让爱欲更加浓郁。与此相对，丈夫是怎么想的呢？今年正月以来，他让我见识到了一个新世界。我并不清楚，他下定决心“要把一直以来欲写又止的那些事情记录在日记里”的真正动机到底何在。难道真的仅仅是因为他所说的“未曾聊过半句床笫之间的淫词浪语”而心怀不满，又对我的“过度的隐秘主义”、我的所谓“教养”“那种伪善的‘妇道淑德’”“那种做作的‘高雅情致’”抱有反感，所以势必要把它打破砸烂，从而萌生出了“要写这种事情的念头”吗？我想那当然是不可能的，恐怕另有更为重大的原因，但令人匪夷所思的是日记之中并没有清楚明了的相关记录。或许，就连他自己都还没有真正明白，自己之所以决定要写那种日记的心理轨迹和个中原委。不过，倒也真是蒙他所教，我才有生以来第一次知道了自己“拥有多数女人都难以企及的极为稀罕的美妙性器”。也是第一次知道自己“若是被卖到岛原的妓馆，定然艳绝当世，名噪天下，引得无数嫖客竞相云集”。然而，尽管他自己也知道“还是不要让她知晓才好。若她自己有所觉察，那至少是于我不利的”，却又为何偏偏要冒着那种于己不利的风险呢？他对于我的“这一个妙处，我只要稍一假想，便会燃起妒火”，更是十分担心“如果别的男人知道了她的这一妙处……都不晓得会出什么事儿”，但为什么又要把自己的那种担心毫不隐瞒地写在日记之中呢？对于这些疑团，我有自己的理解。我猜想，莫非是他期待着我去偷看日记，并且会因此做出一些令他嫉妒的行为。我的这一猜测正中靶心，正如他在后面日记中所写到的“我……是在默默地享受着这份嫉妒的快乐”“嫉妒会激发我那方面的冲动”“在某种意义上说，嫉妒不仅必要，而且嫉妒本身就是快感”（一月十三日）等等，显然都是明确的佐证。不过，关于这一点，我在一月一日的日记中就已经依稀地想象到了。

六月十日

在一月八日的日记中，我这样写道：“我对丈夫，半是激烈的嫌恶，半是激烈的爱恋。我与丈夫，确确实实在性方面合不来……”，接着又写道：“话虽如此，我也不愿去爱一个别的男人。我的身心上烙印着古老的贞操观念，与生俱来地就无法背叛”“我对丈夫的那种……爱抚方式，切切实实地感到费解，也在心底纠结。可是，我也明明白白地知道他爱我爱得狂热，如若不能回报一二，则心底难安”。已故的父母曾经给了我十分严苛的儒教式教养，使我深深地怀着事夫以忠的观念。即便是我有心把对丈夫的恶言恶语诉诸笔下，那也是因为自己受了二十年旧道德的束缚，不得不委屈自己的内心压抑着对丈夫的不满情绪。但是，最为重要的原因在于，我要想方设法激起丈夫的嫉妒，从而实现让他欢喜的结果。我隐隐地明白，这才正是“贞妇”之道。但是，我虽然写下了对丈夫的“恶言恶语”，也无非“激烈的嫌恶”“在性方面合不来”罢了，而且紧接着又在后面写道：“不愿去爱一个别的男人”“与生俱来地就无法背叛”，吐露出了服软的心迹。我很可能从那一时刻开始，就在潜意识之中爱恋着木村了。只不过，我自己并没有意识到。纯粹为了对丈夫竭尽贞节，我把那些虽非出于本心却能煽动他的嫉妒的话语，诚惶诚恐而又拐弯抹角地流露出来。

但是，当读到他十三日的日记时，我的心态发生了一些变化。他在日记中写道：**“成功地利用对木村的嫉妒让妻子享受了欢喜”“希望她能明白，我之所以要那样地竭尽全力刺激自己，完完全全就是为了她自己的幸福”“我要嫉妒，我要嫉妒到癫狂”“妻子可以无限地接近界限，越近越好”“哪怕是让我在心底生出些许猜疑……我也希望妻子无限地接近界限”**。读了这些之后，我开始换了一个角度，去重新审视木村。我读了他在七日所写的**“妻子可能以为自己是在监督两个年轻人，但她或许并未意识到自己实际上已经爱上了木村”**，反而觉得是他太过下流了。同时，我的心里也不由得要故意对抗他的下流想法，坚信自己无论被丈夫怎样唆使也不会有违妇道。但是，及至于被他说到**“可以无限地接近界限，越近越好”**

时，我的内心陡然生变。莫非在我意识到自己喜欢木村之前，丈夫就已经看出了些端倪，才故意那样唆使？又或者，正是因为被丈夫唆使，自己才隐隐地开始喜欢木村，竟至于在无中生出了有呢？这个问题，我百思不得其解。我开始明白无误地意识到自己的好奇心转向了木村。然而，我仍然说自己为了丈夫，虽非“出于本心”也要“努力”那样做。那就无疑是自己骗自己了。呀，我刚刚用了一个词——“好奇心”。这个词，当时是我说给自己听的。我怀着让丈夫欢喜的目的，尝试着对丈夫以外的男人抱有一点好奇心。一月二十八日，我第一次人事不省。那时的心理十分微妙。我对木村的心思，究竟是为了丈夫呢，还是为了我自己呢？二者的界限，大概从那个晚上开始就变得模糊了起来，连我自己也无法分辨得清楚。我因此心里痛苦，又要把那种痛苦蒙蔽下去。从那个晚上开始，到接下来的二十九日、三十日，我一直都在睡着。在丈夫写到“**究竟是真的沉入了梦乡，还是佯作睡态呢？就她的性情推测来看，这一点颇值得怀疑**”的那两天里，我绝不是“**佯作睡态**”，不过也很难说自己是完全丧失了意识。那个时候是处于半睡半醒的状态中。这一点，大体上和日记里所说的一致。不过，关于丈夫所写的“**从她的嘴里如梦呓一般地漏出了一个名字——‘木村君’**”，我想应该有必要多少再写上几笔。如果非要在“**是真的梦呓？还是假装成梦呓的样子，故意那么说给我听**”之间作一个分辨的话，可以说大概是介于二者之间的。我“**睡得恍惚，梦中与木村交合**”之中的某一个刹那，脱口而出了一声“木村君”。那一声“木村君”，我在朦胧的意识底层是感觉到了的。我在意识深处告诫着自己“那样轻浮的话，绝对不能说”，却还是说了出去。这样的话一旦说出了口，瞬间就觉得被丈夫听到真是让人羞耻难当，不过又隐隐地认为被他听到了才好。不过，那之后第二天晚上的情况则是不一样的了。他在三十日的日记里写道：“这一声‘木村君’，今夜也从她的口中漏泄而出。莫非她今夜也是在同样的情状之下，进入了同样的梦境，生出了同样的幻觉。”语气中颇带着些疑虑。那个晚上，我其实是明确地怀着某种目的佯作睡态，还假装成梦呓的样子说出了那个名字。当然很难说是基于明确意图和计划而有意实施的，也可能还是在睡得有几分迷糊之中顺口说了的。或者可以更确切地说，是意识到自己睡得迷糊了，反而把这种状态利用来麻痹良心。或许正如丈夫所说的那样，“我暗自揣摩，却不得其解，不禁怀疑自己或许是受了她的愚弄”。很可能，他的这种理解才是一语中的。那一声梦呓之中一定是包含着两种愿望，既有如丈夫所猜想的“如果能与木村缠绵如此……”的那种心情，也有我自己的“丈夫是希望如果能让那个人照顾我……”的那种设想。正是希望丈夫能明白这一点，我才说出了那个名字。

二月十四日，木村告诉了丈夫有一种叫作拍立得的照相机。丈夫写道：“他知道告诉我那种相机的事儿会让我高兴。但是，他怎么能察觉出了我的心思呢？这让我感到颇为不可思议。”其实，我对此也感到很不可思议。丈夫想拍摄我的裸体像，这连我都毫无觉察。假设我真的有所察觉，也毫无机会把那样的事告诉给木村。那个时候，我每天夜里都烂醉如泥，倚着木村的胳膊，被他抱出浴室。不要说谈论夫妻间的秘密了，就连和他坦白交流的事情也未曾有过。照实来说，我与木村之间的关系仅仅是在我醉后不省人事的时候被他抱着而已，根本就没有任何机会能避开丈夫的眼睛和他交谈。于是，我把警觉的目光转向了可疑的敏子。如果真有人给予木村那样的暗示，也就是她了。她在二月九日提出要搬到关田町去住，举出的理由是想要在一个安静的地方好好学习。但不难推测她所谓的想要一个“安静的地方”的真正意思，大概是因为发现父母卧室在深夜里的一片灯光煌煌而想要躲避出去。想来，她也一定窥见到了被荧光灯照如白昼般的卧室里面的光景。炉火烧得很旺，发着呼呼的扑扑的声响，正好可以掩盖脚步的声音。若是果真如此，那她一定看到了屋里的一幕幕，丈夫把我脱得精光，又把我的裸体摆成各种各样的姿态，从中享受着无限的愉悦，等等。可以想象，丈夫的所作所为被她尽收眼底。同样，也可以推测得到是她把那件事情说给了木村。这些推测后来得到了证实。不过，实际上我在读到丈夫十四日日记的时候，就察觉出了个大概。当时，我赤裸着身体被百般玩弄。在我自己都还浑然不知的时候，敏子就已经眼见心知了，而且告诉了木村。

不过，木村告诉丈夫有**“那种相机”**，还暗示他用来拍摄我的裸体。他究竟又是出于什么目的呢？关于这个，我一直都忘了问问木村。据我推测，一个目的应当是想通过传授给丈夫那么一个小把戏以投其所好。另一个，恐怕就是期待着有朝一日，能把我丈夫拍摄的裸体照片弄到他自己的手中。而且，很可能后一点才是他的主要目的。果然，没过多久，丈夫就已经无法满足于拍立得，转而开始使用蔡司伊康相机了。这样一来，显像的任务就交到了木村的手上。木村虽然未能预测到事态的细枝末节，但大致会如何发展还是知道的。

在二十九日的日记里，写着“敏子的心理状态，我无从把捉”。

实际上，我是有一定程度的把握的。就如同刚刚写的那样，我几乎推测到是她把我们夫妻之间的闺房秘事泄露给了木村。我也知道，她在心里偷偷地爱着木村，正因此而“暗暗地对我抱有敌意”。她认为“母亲生来纤弱，本就不堪于过度的房事，但父亲耽溺于颇为不可思议的、有悖常规的下流猥亵游戏，执拗地要母亲听其摆布”。在这一点上，她是关心我的健康而憎恨着父亲。然而，父亲出于奇怪的嗜好而让木村与我互相接近，且无论木村还是我都是一副来者不拒的样子。她看在眼里，心里憎恨着父亲，同时也自然而然地憎恨起我来了。这种心思上的变化，我在相当早以前就已经感觉到了。而且，我也读懂了她因之而作出的对策。她比我还要阴险，知道“自己明明比母亲年轻了二十岁，但若论容貌姿态的话，却远远不及母亲”，也知道木村的爱更多地倾注于母亲，因此计划着先撮合母亲与木村，再徐图良策。但是，我到现在也不知道在撮合我们两个人的过程中，她与木村之间又是如何联系的。比如说，她之所以租住在关田町，很可能并不仅仅是要躲避荧光灯，而是从最初就已经把与木村住处的距离放在了考虑之中。我能猜想到这里，但还不清楚那到底是与木村的合谋，还是她的独立谋划。木村曾说过“菜饭已经准备停当，而我只是拿起了筷子”，意味着是敏子独立谋划的，但真相究竟如何呢？关于这一点，我至今也没有相信木村。

敏子嫉妒着我，同样地，我在内心中也对敏子燃烧着激烈的嫉妒之焰。尽管如此，我却努力掩藏着这种情绪，尽量不让别人发觉，也从来不写在日记里。这自然是因为我与生俱来的阴险，但更是因为我清楚自己比女儿更美，因此而怀着自信，怀着自尊。那一份自尊心，我不想亲手去伤害。而且，我之所以嫉妒敏子，是因为我怀疑木村可能也爱着敏子。我最害怕的，正是这个怀疑被丈夫知道。然而，丈夫曾这样写道："假设我是木村，若要说哪个女人更令人痴迷的话，那么，毫无疑问是郁子。"不过又说："他的心思究竟如何，我现在还拿不准"，猜测或许"木村也就只好迂回着讨取母亲的欢心，盘算着通过母亲来打动敏子吧"。看来，丈夫他自己有时也会多多少少地怀有疑虑。然而，我最不愿意让丈夫抱有这种疑虑。我希望丈夫认为木村是一心一意爱着我的，一定会为了我不惜做出任何牺牲。若非如此，丈夫对木村的嫉妒则无法臻于纯粹、臻于浓烈。

六月十一日

丈夫在二月二十七日的日记中写道："果然如我所料，妻子一直在写日记"，又说是在"数日之前就已经隐隐约约地有所察觉了"。但是，我觉得他实际上在更早以前就已经心知肚明了，而且一直都在偷看里面的内容。同样，我所写的"我要小心，不能因为一时疏忽而露出了马脚，让丈夫察觉到自己在写日记""像我这种从不向别人吐露心声的人，至少有必要自己讲给自己听"之类的话，也纯粹是一派谎言。我真切地希望丈夫背着我偷偷地读我的日记。我写日记，事实上当然是要"自己讲给自己听"，但想让丈夫读也是目的之一。既然如此，那我为什么要选用不易弄出声响的雁皮纸呢？又为什么非要用透明胶带封上呢？其实，这里面并没有特别的原因，只是我生来喜好隐秘主义，哪怕这没有什么意义。丈夫对我的这种隐秘主义是嗤之以鼻的，但其实他自己也一样是个隐秘主义者。无论丈夫，还是我，彼此都清楚自己的日记是被对方偷看的，但谁都要在途中设置一些关隘，制造一些障碍，尽可能地让对方绕来绕去，以至于纠缠在迷局之中，搞不清楚自己是否果真到达了目的地。这，就是我们的兴趣所在。我之所以要不厌其烦地使用透明胶带之类的小把戏，也是为了迎合丈夫的兴趣。

直到四月十日，我才第一次在日记中写到丈夫的健康问题，当时的记录是："丈夫在他的日记中，似乎对自己健康堪忧的情况有所透露……我没有读他的日记，也无从揣测。不过，我实际上早在一两个月以前，就稍稍觉察到他的样子发生了些许变化。"丈夫自己把这件事在日记上写出来，是从三月十日的日记开始的。实际上，我可能比他自己更早地就有了觉察。只不过，由于种种原因，我在最初的时候故意装作毫不知情的样子。因为我担心那样做的话，会徒然地使丈夫陷入神经过敏的泥淖，而且，神经过敏的结果更有可能会导致他开始对房事有所节制。这一点，正是我所恐惧的。我倒并不是不担心丈夫的性命，可我那对性行为的不知餍足的欲望才是更为切身的问题。于是，我千方百计地让他忘却对于死亡的恐惧，竭尽全力地利用**"木村这个兴奋剂"**煽动他的嫉妒……然而，就在进入四月之后，我的这种心情逐渐发生了变化。在三月份的日记里，我不止一次写到自己直至现在仍然固守着"最后的一线"，努力让丈夫相信我的贞节。但是坦诚地说，已然紧密接近以至于只剩"一纸之隔"的我和木村，真正地拆除最后的一道屏障是在三月二十五日。那之后的第二天，也就是二十六日的日记里，记录着一些我与木村之间仿佛是在演戏对台词一般的问答，其实完全就是为了欺瞒丈夫而故意编造的谎言。然后，大约在四月上旬的四日、五日、六日前后，我在心中完成了一个重大的决定。在丈夫的引诱之下，我一步一步走向堕落的深渊。直到那时为止，我似乎是在默默地强忍着苦痛而做出有悖伦理的事——即便从旧式的道德观念来看，自己的所为也堪称妇人之典范。然而，那只是自欺欺人的假象。从那几天起，我彻底地抛弃了虚伪的假面。我自己干干脆脆、明明白白地承认，自己的爱在木村，而不在丈夫。我在四月十日的日记里写道："实际上，身体状况已经坏到令人心寒的，不仅仅是丈夫，我也几乎同样。"这其实出于深不可测的心机。事实上，我一点儿病都没有。当然了，我说自己"早在敏子十岁左右的时候，我就曾经有过两三次咳血的经历""据说肺结核的症状已经发展到了二期"，的确是事实，而且也真的"全然没把医生的忠告当回事儿，丝毫没有注意养生，反而恣情地放纵"，但幸运的是"病情并没有朝着让人担心的方向恶化，而是自然而然地痊愈了"，从那以后就再也没有复发。接下来的一些内容，例如"到了二月的某一天，吐痰的时候，连带着咳出了和之前一样的、混杂着泡沫的鲜血""每天一到下午都会有无尽的疲惫感袭来""胸口时不时地就会感到一阵让人心生寒意的刺痛""说不准病情将会继续恶化，以至于难以治疗"，完全都是无根无据的虚构。这些子虚乌有的杜撰其实是一种手段，是要引诱着丈夫尽快尽早地陷入死亡的深谷。我的目的就是要告诉丈夫——我已经赌上了死亡，你也一样地赌上性命吧！自那以后，我的日记专门就是朝着这个目的写下去的。不仅仅是写日记，我甚至随时准备看情况演一场咳血的假戏给他看。我用尽了浑身解数，刺激他毫无喘息之机地持续兴奋，鼓动他的血压不断地节节攀升。（纵是在他第一次发病之后，我也丝毫没有松懈了自己的手段，而是坚持不懈地耍着一些小把戏去刺激他的嫉妒）木村在相当早以前，就曾若无其事地预言：他在肉体上的毁灭似乎已经迫近。木村对那些事的直觉异常敏锐，远远胜过不靠谱的医师的判断。我，恐怕敏子也是一样，都认为木村的预言一定会一语成真。

毋庸否认，我的身体里流动着淫荡之血。然而，究竟为什么我的心底里竟潜藏着引诱丈夫走向死亡的阴谋呢？那种阴谋，究竟是在什么时候、从什么样的罅隙侵入了我的心，又吞噬了我的心呢？如果遭到像已故丈夫那样的极度乖僻、变态、邪恶精神的执拗摧残和恣意蹂躏，那么，无论多么正直坦荡的心灵最终都难逃扭曲变形的厄运吧。不过，我的情况或许不然，虽然我貌似一个颇为古典、封建传统的女子，但那其实是环境使然和父母教养的结果，我本质上其实是一个心地险恶的人吧。在这个问题上，如果不作更为深入细致的思考，恐怕是难以断言孰是孰非的。同时，我也在心底觉得，自己对亡夫是竭尽了忠实的，而丈夫也得以在他所希望的幸福之中度过了生命中最后的日子。

无论敏子，还是木村，于今而言都有诸多疑点。作为我与木村的幽会之所——那个大阪的民宿，据说是敏子“因为木村问……有没有什么合适的地儿”而请教了“一个战后派的朋友”才得知的，但真相难道仅此而已吗？那个地方，或许敏子也曾与谁用过，而且现在还用着呢吧！

在木村的计划里，故事的后续，将会是这个样子的：他会在今后选一个合适的时机，与敏子结婚，然后以这种形式住进这栋房子，和我、敏子，三个人生活在一起。敏子为了顾及世间的体面，为了母亲而甘愿牺牲……

谷崎潤一郎
鍵

图书在版编目（CIP）数据

钥匙 /（日）谷崎润一郎著；张士杰译. —上海：上海译文出版社，2022.9
（谷崎润一郎作品系列）
ISBN 978-7-5327-8939-9

Ⅰ. ①钥… Ⅱ. ①谷… ②张… Ⅲ. ①中篇小说—日本—现代 Ⅳ. ①I313.45

中国版本图书馆 CIP 数据核字（2022）第 138966 号

钥匙
鍵

［日］谷崎润一郎 著
张士杰 译

出版统筹 赵武平
责任编辑 缪伶超 许明珠
装帧设计 尚燕平

上海译文出版社有限公司出版、发行
网址：www.yiwen.com.cn
201101 上海市闵行区号景路 159 弄 B 座
上海宝山译文印刷厂有限公司印刷

开本 890×1240 1/32 印张 4.25 插页 2 字数 82,000
2022 年 10 月第 1 版 2022 年 10 月第 1 次印刷

ISBN 978-7-5327-8939-9/I·5541
定价：35.00 元